S3

Spuk in der Bibliothek:
Eine Annäherung an das Unheimliche

Alles ist so passiert.
Nichts wurde hinzuerfunden.

Alle Interviews sind wortgetreue Transkripte
von Tonbandaufnahmen.

Aus Gründen des Persönlichkeitsschutzes
wurden alle Namen geändert.

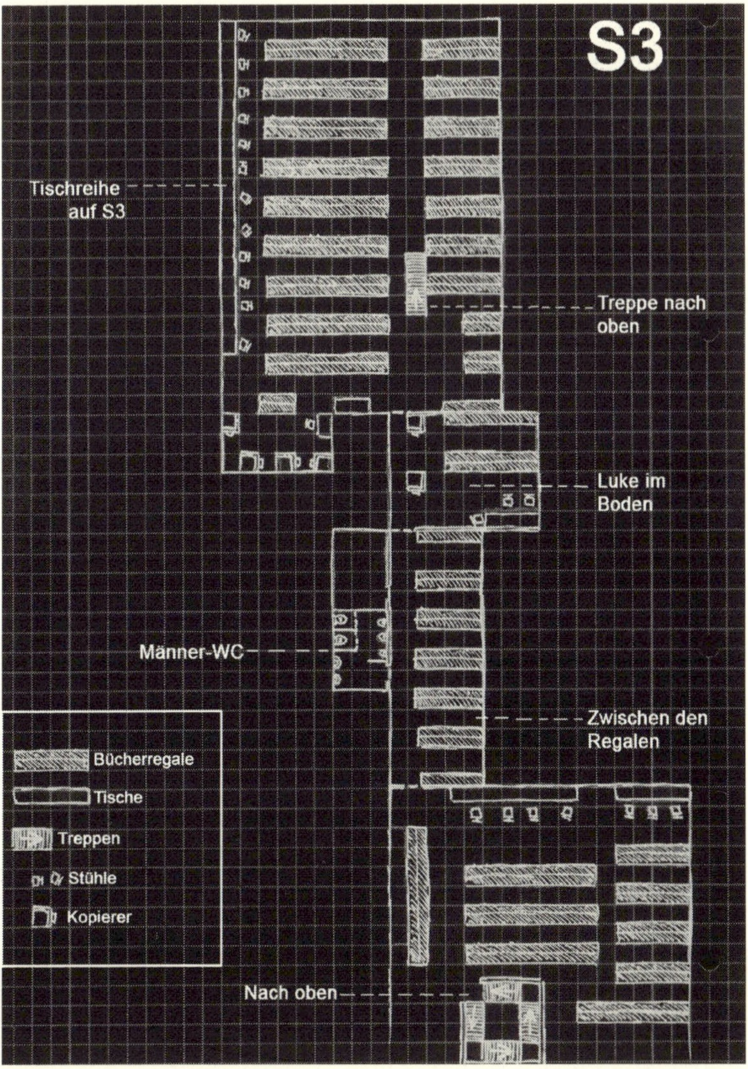
S3
Tischreihe
auf S3
Treppe nach
oben
Luke im
Boden
Männer-WC
Zwischen den
Regalen
Bücherregale
Tische
Treppen
Stühle
Kopierer
Nach oben

1. Ein Gesprächsfetzen

Montag, 11 Februar 2008: Daniel und ich, wir haben uns die falsche Schlange ausgesucht. Während vor uns jemand seine Cent-Stücke los wird, wird uns das Essen kalt. Jessica und Laura sitzen schon an einem Vierertisch. Zumindest unsere Plätze sind uns also sicher.

Nachdem wir an der Kasse bezahlt haben, balancieren wir unsere Tabletts (48 x35 cm beigegraues Plastik) hinunter zu den Mädels. Der freie Tisch, den sie gefunden haben, liegt eine Ebene tiefer, ist aber von der Kasse aus zu sehen. Wir müssen nicht suchen. Die beiden unterhalten sich, wir stellen unsere Tabletts ab und setzen uns zu ihnen. Trotz des Lärms, der uns umgibt, schnappe ich einen Fetzen des gerade endenden Gesprächs auf. Jessica sagt zu Laura: „...und ich geh da unten nicht mehr gerne hin, ist mir einfach unheimlich."

Nach dem Essen ist noch genug Zeit für einen Kaffee, unten in der Aula. Hier schmeckt er besser. Mit den Tassen in der Hand suchen wir eine Sitzgelegenheit, groß genug für vier. Während wir auf eine freie Bank im Eingangsbereich der Universität zusteuern, frage ich Jessica, wo es denn so unheimlich sei, dass sie da nicht mehr gerne hingehe. Sie antwortet nicht, vielleicht hat sie mich in all dem Trubel – der Eingangsbereich ist gut gefüllt, gerade ist ein Bus angekommen – nicht gehört. Vielleicht ignoriert sie meine Frage.

Wir setzen uns und ich frage noch einmal. Nun bekomme ich eine Antwort, allerdings eine knappe. Ihr sei vor einigen Wochen etwas Komisches passiert, unten in der Bibliothek. Und seitdem gehe sie da nicht mehr gerne hin.

Jessica nimmt vorsichtig einen Schluck Kaffee und

Laura springt ein. Besonders erstaunt sei sie ja nicht gewesen, als Jessica ihr vorhin von ihrem Erlebnis erzählte. Schon mehrmals habe sie gehört, dass in der Bibliothek seltsame Dinge passieren.

Ich weiß immer noch nicht, was Jessica „da unten" zugestoßen ist. Und Jessica scheint keine große Lust zu haben, mehr zu erzählen. Aber ich bleibe hartnäckig, frage weiter. Etwas widerwillig erzählt mir Jessica von ihrem Erlebnis.

Ich habe vor ein paar Jahren schon einmal gehört, dass in der Bibliothek, genauer: Im Untergeschoss, im Buchbereich S3, merkwürdige Dinge passieren. Zufällig bekam ich ein Gespräch zweier Studenten mit. Sie saßen in irgendeinem Seminarraum hinter mir, der Dozent ließ auf sich warten und die beiden unterhielten sich über verschiedene Bereiche in der Bibliothek: Wo man ungestört sei, wo man gut lernen könne, wo man die hübschesten Mädels finde...

Einer der beiden erwähnte S3 und meinte, dass es dort viele Sitzplätze gebe, dass man dort seine Ruhe habe und nicht bei den Kopierern anstehen müsse.

„Dafür solls da ja spuken" meinte der andere mit ironischem Unterton. Ein Bekannter habe ihm von seltsamen Geräuschen erzählt. Es sei aber niemand in der Nähe gewesen.

Auch Jessicas Erlebnis – in wenigen Worten hat sie es erzählt – könnte man in die Kategorie „Spuk" einordnen. Ich gestehe, dass ich solche Geschichten spannend finde. Schon als Kind mochte ich Geistergeschichten, meine liebste war Hauffs „Gespensterschiff". Wir hatten sie auf Schallplatte, ich fand sie furchtbar unheimlich, konnte nachts nicht schlafen, wollte sie aber immer wieder hören. Wenn die Stelle mit dem Mann kam, der einen langen

Nagel im Kopf hat, dann hielt ich mir die Ohren zu.

Spontan bitte ich Jessica, mir ihr Erlebnis ausführlicher zu erzählen. Ich frage sie auch, ob ich die Geschichte auf Band aufnehmen kann. Tonbandgerät und Transkribiergerät – damit lassen sich die Aufnahmen leichter abtippen – habe ich sowieso gerade zuhause. Ich brauche beides für meine Doktorarbeit, an der ich seit etwas über einem Jahr sitze. Jessica zögert, scheint wenig begeistert von meiner Idee. Sie müsse sich das erst überlegen. Aber ich könne sie ja die nächsten Tage mal anrufen.

Der Kaffee ist getrunken, wir bringen die Tassen zurück. Daniel und ich gehen in die Bibliothek. Laura und Jessica haben Seminar. Mir fällt ein, dass ich Jessicas Nummer gar nicht habe. Vielleicht will sie wirklich nicht über das sprechen, was ihr passiert ist. Vielleicht hofft sie, dass ich die Sache vergesse.

2. Jessica macht mit

Dienstag, 12 Februar 2008: Daniel hat mir Jessicas Telefonnummer gegeben. Er denkt, ich wolle bei ihr irgendwelche Annäherungsversuche starten. Aber das ist nicht meine Absicht. Mich interessiert wirklich, was Jessica unten in der Bibliothek erlebt hat. Und mir ist die Idee gekommen, einige Geschichten über diese seltsamen Ereignisse im Bereich S3 zu sammeln. Schon zweimal habe ich jetzt gehört, dass dort unten merkwürdige Dinge passieren. Vor einigen Jahren von den beiden Typen im Seminar und jetzt von Jessica. Auch Laura meinte ja, sie habe schon mehrmals von seltsamen Ereignissen in der Bibliothek gehört.

Es müssten also einige Geschichten aufzutreiben sein. Vielleicht mache ich ein kleines Projekt daraus, eine kleine

Dokumentation eben dieser seltsamen Vorkommnisse. Eigentlich bin ich ja mit meiner Doktorarbeit beschäftigt... Andererseits tut es mir sicher ganz gut, etwas Ablenkung zu haben, ein anderes Thema, dem ich mich widmen kann. Mit meiner Doktorarbeit werde ich noch genug Zeit verbringen.

Ich komme gegen 14 Uhr von der Universität nach Hause und um 14.30 rufe ich Jessica an. Sie klingt verschlafen und ihre Laune ist nicht die Beste. Trotzdem sagt sie zu. Ich könne ein kurzes Interview mit ihr führen und das auch auf Band aufnehmen. Es müsse nur anonym sein. Morgen habe sie Seminar bis zehn, danach könnten wir uns treffen.

3. Jessicas Erlebnis

Mittwoch, 13. Februar 2008: Seit acht bin ich an der Uni. Kurz nach halb zehn stehe ich vor dem Raum, den Jessica mir genannt hat. Und zwanzig vor zehn ist die Veranstaltung zu Ende, etwas früher als normal. Ich höre Stimmengewirr und Stühlerücken. Jessica ist eine der Ersten, die den Raum verlassen. Ich dachte schon, sie würde es sich anders überlegen. Aber meine Sorge war unbegründet. Ihre Laune hat sich deutlich gebessert. Vorletzte Nacht habe sie schlecht geschlafen, so Jessica, deshalb sei sie am Telefon so abweisend gewesen. Ihr Nachbar habe Geburtstag gefeiert, „und die ganze Nacht lief Schrottmusik".

Nur einige Meter weiter finden wir einen leeren Raum. Der Belegungsplan neben der Tür verrät, dass er die nächsten zwei Stunden frei bleibt. Draußen auf dem Flur will ich das Interview nicht führen. Es ist einfach zu laut, die Tonbandaufnahme wäre voller Störgeräusche. Ich habe in den letzten Monaten mehrere Aufnahmen für meine Doktorarbeit abgetippt und weiß, wie lästig Hintergrundlärm ist. Es kostet Zeit und Nerven, sich einen Abschnitt wieder und wieder anzuhören und trotzdem irgendwann raten zu müssen.

Jessica und ich sitzen und gegenüber, das Tonbandgerät liegt zwischen uns auf dem Tisch. Im Folgenden gebe ich unser Gespräch so wieder, wie es tatsächlich ablief. Es ist nicht um Äußerungen wie „Äh", „Ähm" oder „Mhm" bereinigt. Auch Versprecher und Grammatikfehler wurden nicht korrigiert. Das mag auf diejenigen, die es nicht gewohnt sind, solche Interviews zu lesen, ungewohnt und halbfertig wirken. Ich will aber möglichst wenig verfälschen und nehme diese Wirkung in Kauf. Ich habe alles weitgehend so abgetippt, wie es gesagt wurde. Pausen und Verzögerungen sind durch ... gekennzeichnet. Die Kommasetzung folgt der Betonung, falls Satzteile im schnellen Anschluss gesprochen werden, lasse ich die Kommas weg. Das I steht für „Interviewer", das R für „Respondent", für denjenigen, der antwortet, hier also für Jessica.

Meine Gesprächspartnerin ist übrigens 25 Jahre alt und studiert seit zehn Semestern Soziologie und Geschichte. Ich kenne sie nicht besonders gut, habe sie aber bisher als gelassenen und bodenständigen Menschen erlebt. Ich glaube nicht, dass sich Jessica irgendwelche Geschichten ausdenken würde, nur um andere zu beeindrucken.

[Beginn der Aufnahme]

I: Okay, du hattest ja gestern nach dem Essen schon n bisschen erzählt und ähm ... wenn du einfach noch mal...

R: Gut äh ... also eigentlich gibt's da nicht soo viel zu erzählen. Is ja eigentlich nichts richtig Konkretes passiert und...

I: Also muss auch nicht besonders spektakulär sein.

R: Okay, wie gesagt, das war jetzt vor vielleicht zwei Wochen, da bin ich auf S3 gesessen und hab gelernt. Und dann ist eben...

I: Wie spät wars da ungefähr?

R: So gegen sieben, vielleicht halb sieben, und äh ich bin da gesessen und es war schon ziemlich leer und ruhig, ab und zu jemand am Kopierer, aber gesessen bin ich allein und da hör ich hinter mir so Schritte, also einfach als ob jemand auf mich zu läuft.

I: Waren das eher schwere Schritte oder eher ... also wie gut hat man die gehört ?

R: Das waren jetzt keine richtig schweren Schritte, also kein Aufstampfen. Da ist ja auch Teppichboden, man hört das nicht so wie zum Beispiel auf Parkett. Das waren einfach ganz normale Schritte, also nicht besonders laut und ähm ... auch nicht besonders schnell, normale gleichmäßige Schritte und die sind eben näher gekommen.

I: Dass du die dann überhaupt gehört hast, auf dem

Teppichboden...

R: Ja gut, wenn da unten mehr Betrieb gewesen wäre, dann hätt ich's auch nicht gehört. Aber es waren eben keine Leute mehr in der direkten Nähe. Wenn Leute rumgelaufen wären und der Kopierer gegangen ... ähm, dann hätt ich das vielleicht auch nicht gehört. Aber das ist ja kein tiefer Teppichboden, das ist so ähm ... pflegeleichter, kurzer, kennst du ja.

I: Mhm, ja, und was war dann?

R: Also ich denk eben, da kommt jemand und dann, wo die Schritte näherkommen und aufhören, da dreh ich mich um weil ich natürlich denk, da ist jemand den ich kenn, also der ist zu mir gekommen und bei mir stehen geblieben. Aber da war niemand, niemand weit und breit.

I: Also du hast niemand gesehen?

R: Nein, niemand. Aber eben deutlich die Schritte gehört, dass da jemand zu mir gekommen ist.

I: Von wo kamen die Schritte, seitlich oder...?

R: Nein, ähm du sitzt da ja so mit dem Rücken zu den Gängen, also zu den Gängen zwischen den Bücherregalen ... die so von den Bücherregalen gebildet werden, und ich denke, wenn ich das richtig gehört habe, dass die Schritte den Gang direkt hinter mir entlang kamen.

I: Erschrickt man dann, also wenn von hinten jemand auf einen zu kommt?

R: Nö, wieso? Da laufen ja ab und zu Leute rum.

I: Und als du dich dann umgedreht hast?

R: Ja gut, als dann plötzlich niemand da war, da hatte ich schon ein komisches Gefühl. Da denkt man schon „Hä? Spinnst du jetzt?" Aber nö ähm, richtige Angst hatte ich nicht. Schon ein komisches Gefühl, das ja, aber eigentlich keine Angst. Ich hab mich dann wieder auf die Bücher konzentriert.

I: Du hast dann einfach weitergemacht.

R: Genau, ich hab dem Ganzen nicht groß Bedeutung ... geschenkt. Und wahrscheinlich hätt ich die Sache auch vergessen, wenn nicht eben noch was passiert wäre.

I: Was war das?

R: Also wie gesagt: Jetzt auch nichts sehr Spektakuläres, ich hab nichts gesehen oder gespürt oder so. Aber ich bin dann irgendwann aufgestanden weil ich mir n Buch raussuchen wollte um was nachzuschauen. Und das Buch war vielleicht vier Regale weiter. Und ich bin da hin und äh ... hab mir das Buch geholt und weil ich nur kurz was nachschauen will und das Buch dann wieder zurückstellen will, geh ich nicht zurück an meinen Platz sondern ähm ... setz mich an nen Tisch und ... also vielleicht sechs Meter weiter links, und als ich da sitz, da hör ich schon wieder die Schritte, diesmal von rechts von der Seite, aus der Richtung wo ich vorher gesessen bin. Als ob die Schritte von meinem alten Platz zu dem Platz kommen, wo ich jetzt sitze. Als ob mir jemand nachgeht.

I: Und die ham sich genau so-

R: -ja, genau die gleichen Schritte. Auch nicht besonders laut, genau so wie vorher, genau gleich. Und wie vorher eben auch: Niemand da, niemand zu sehen.

I: Also du hast dich auch umgeschaut?

R: Ja, ich hab ja gehört, aus welcher Richtung die Schritte kommen, ich musst mich ja nicht umschauen. Und da war eben niemand.

I: Was hast du dann gemacht?

R: Also dann wars mir doch unheimlich. Also ich war nicht äh in Angst ähm ... aufgelöst aber ... nicht panisch oder hysterisch, aber schon so ein unangenehmes, unheimliches Gefühl und so der Gedanke: „Scheiße, du bist ja ganz alleine hier unten, hier sind ja keine Leute außer dir“

I: Mhm, also schon anders als beim ersten Mal?

R: Absolut, ja, beim ersten Mal hab ich noch so gedacht: „Du spinnst, du bildest mir äh ... dir was ein“ Und als ich dann wieder diese Schritte gehört habe, dann bin ich auch aufgestanden und bin so ein paar Meter weg von dem Geräusch, so einfach in die andere Richtung weg- äh zurückgewichen, um davon irgendwie wegzukommen. Das war schon so das Gefühl: Da verfolgt dich jemand oder ... da kommt dir jemand nach.

I: Also so in Richtung Kopierer?

R: Genau, genau, so in Richtung Kopierer einfach ein paar Schritte zurück um einfach von dem äh ... Geräusch wegzukommen und zum Glück hab ich dann Stimmen gehört, also da kamen ein paar Leute und die sind dann auch glücklicherweise eben durch den Gang gelaufen, wo ich gerade war, an den Tischen vorbei. Und als die Leute ... ähm, das waren drei Jungs, in der Nähe waren, da bin ich dann auch zurück zu meinem Platz, also wo ich vorher die ganze Zeit gesessen bin, und hab meine Sachen gepackt.

I: Und dann bist du raus?

R: Genau, Sachen gepackt und dann raus. Die Bücher hab ich nicht mehr zurückgestellt, ich hab mich schon n bisschen beeilt.

I: Und hast du in der Zeit noch irgendwas gehört, also Geräusche oder eben Schritte?

R: Nein, absolut nichts. Nur eben die drei Typen, was die geredet haben. Normalerweise ärgert man sich ja, wenn Leute in der Bib quatschen. Aber da war ich echt dankbar, dass die ein bisschen Lärm gemacht haben.

I: Und seitdem...

R: Ja, seitdem halt ich zu dem Bereich ein bisschen Abstand. Es ist nicht so, dass ich da unten richtig Angst hab, ich hol mir auch Bücher von dort. Aber ich achte schon dass Leute um mich rum sind und ich setz mich da auch nicht mehr hin.

I: Also auch nicht kurz?

R: Nö, im Moment ist mir da unwohl. Das Ganze ist ja erst ein paar Wochen her. Wie es in einem Jahr aussieht, das weiß ich nicht. Vielleicht denk ich dann wieder „Alles Einbildung, alles Blödsinn."

I: Aber im Moment...

R: Ja, im Moment ... also was heißt im Moment? Ich bin mir absolut sicher, dass ich da diese Schritte gehört habe und dass mir jemand sozusagen nachgegangen ist und ja, das ist für mich schon unheimlich. Also ich muss da nicht unbedingt wieder hin.

I: Du verbindest das, was da passiert ist, ja ziemlich mit dem Ort ... wenn ich das richtig sehe. Oder denkst du, das hätte auch woanders in der Bib passieren können?

R: Stimmt, ich verbinde das mit dem Ort. Wahrscheinlich vor allem deshalb weil ich nachher auch von anderen gehört habe, dass da unten komische Sachen passieren ... also in diesem Bereich.

I: Also du hast auch sonst in der Bib oder ... auch anderswo, keine Angst?

R: Nein, überhaupt nicht. Es ist wirklich nur dieser Bereich, also S3, wo ich nicht gern hingehe. Für mich liegt das schon irgendwie an dem Ort. Für mich hat dieser Bereich was Unheimliches. Vorher auch schon und natürlich erst recht, seit das passiert ist.

I: Warum was Unheimliches? ... ist doch eigentlich ein ganz normaler Buchbereich.

R: Ja vielleicht weil das so wie im Keller liegt und man eben kein Tageslicht ... oder wenig Tageslicht hat und ähm ... ja, es ist auch wenig los dort. Man sitzt da auch manchmal allein und hat so den Eindruck, es gibt keine andren Menschen mehr ... sozusagen. Also gerade abends.

I: Mhm ... was denkst du, wär noch was passiert wenn du dort geblieben wärst, also an dem Abend?

R: Kann ich nicht beantworten. Vielleicht ja, vielleicht nein. Wie gesagt: Ich hab ja nachher, als ich mit ähm ... also irgendwelchen Bekannten diese Geschichte erzählt hab, auch gehört, dass anderen Leuten auch komische Sachen passiert sind, dass Leute auch schon angefasst wurden ohne dass jemand da war, dass da wirklich Leute eine ääh ... eine körperliche Berührung gespürt haben. Und deswegen kann es schon sein, dass da noch was passiert wäre. Aber weiß mans?

I: Hast du diese Erzählungen vor deinem Erlebnis gehört, oder danach?

R: Danach, also als ich dann Leuten davon erzählt habe.

I: Du hättest einfach bleiben müssen, zum Ausprobieren.

R: Ähm ... wie meinst du?

I: Also nachdem du die Schritte gehört hast ... einfach sitzen bleiben um zu sehen, was noch passiert.

R: (lacht) Nee danke, so stark war die Neugier dann doch nicht.

I: Was denkst du, von wem oder von was kamen diese Schritte?

R: Das ist ja schon wieder so ne Frage, die ich nicht beantworten kann. (lacht) Jedenfalls wenn ich an so was glauben würde, dann würd ich ja sagen: <mit leicht spöttischem Unterton:> „Da spukts" oder „Das war n Geist."

I: Aber du würdest nicht unbedingt...

R: Nee, also so Begriffe ... das hört sich eben gleich kindisch an oder ähm abergläubisch. Was ich weiß ist, dass da irgendwas war, was diese Schritte verursacht hat. Und das waren eben Schritte wie von einem Menschen. Und klar, irgendein unsichtbares Wesen, das Geräusche macht, da könnte man natürlich sagen „Geist" oder „Gespenst". Das wären eben die Bezeichnungen, die so am nächsten liegen.

I: Und du bist dir ganz sicher dass du diese Schritte gehört hast?

R: Ähm ja, bin ich. Eben auch weil das zweimal passiert ist. Beim ersten Mal dachte ich ja noch: Quatsch, das kann nicht sein. Aber ich bin mir schon sicher, dass da Schritte waren und dass die auf mich zu kamen. Die wurden ja auch deutlicher, also als ob du jetzt drei Meter weg gehst und dann auf mich zu kommst.

I: Ist dir sonst mal was Vergleichbares passiert, also ein ähnliches Erlebnis?

R: In der Bib?

I: Ja, aber auch überhaupt

R: Nein, bisher nicht. Das war das Einzige.

I: Ähm, du meintest gerade, dass du auch anderen Leuten von deinem Erlebnis erzählt hast und dass andere auch meinten, sie hätten komische Sachen erlebt.

R: Ja gut, aber das waren weniger so persönliche Erfahrungsberichte, das waren eher so Geschichten, die die Leute irgendwo aufgeschnappt haben. Einer meinte dann, er hätte auch schon mal von jemandem gehört, dass Leute da unten angefasst wurden ohne dass jemand da war, oder einfach ein Atmen oder irgendwelche komischen Geräusche gehört haben. Aber das war alles eher so nach dem Motto: „Ein Freund von nem Freund hat mal gemeint, dass er jemand kennt, der ... und so weiter." Also wenig ... konkretes. Laura meinte ja vorgestern auch, dass sie schon solche Geschichten gehört hat.

I: Ach ja, genau.

R: Aber eben alles so Hörensagen.

I: Ja ähm ... du kennst niemand persönlich, das was Ähnliches erlebt hat?

R: Nee, das sind eben mehr so Geschichten. Oder zumindest weiß ich's eben von niemandem. Ich hab jetzt auch nicht jedem von meinem Erlebnis erzählt. Es gibt sicher auch Leute die dann denken würden: „Die hat nicht mehr alle Latten am Zaun."

I: Also auch n bisschen peinlich...

R: Was heißt peinlich? Ich denke, dass es einfach viele Leute gibt, die so was gleich als Quatsch oder als Einbildung abtun und hm ...was soll ich's denen erzählen.

I: Ja, klar

R: Bringt ja nix.

I: Ich wollte dich noch fragen, ob wir vielleicht nach unten gehen könnten, also an die Stelle, wo dir das passiert ist, damit du mir zeigst, wo du gesessen bist.

R: Äh, jetzt gleich?

I: Ja ähm ... wenn das okay für dich ist.

R: Klar, kein Problem. Also ich hab nicht direkt Angst da hin zu gehen, nichts dass du das denkst. Ich hab bloß nachher Seminar und ich will da nicht zu spät kommen aber ... ähm, gut ... der fängt eigentlich meistens auch später an. Fünfzehn Minuten hätt ich.

I: Ich denke, das reicht. Is ja nicht weit.

R: Okay, dann zeig ich dir das mal.

[Ende der Aufnahme]

Wir gehen in die Bibliothek, ins unterste Stockwerk. Im Buchbereich S3 ist um diese Zeit (kurz nach zehn Uhr vormittags) relativ viel los. Die Kopierer sind alle in Betrieb, etwa ein Viertel der Sitzplätze ist belegt. Jessica zeigt mir die beiden Plätze, an denen sie vor rund zwei Wochen abends saß. Hier hörte sie die Schritte. Sie zeigt mir auch den Gang, aus dem die Schritte beim ersten Mal kamen. Ich erinnere mich, dass ich auch schon auf einem der Plätze saß, die mir Jessica zeigt. Oder zumindest in der Nähe, sehen ja alle gleich aus. Ich saß sogar schon oft hier unten. Gerade abends ist es sehr ruhig auf S3, man kann ungestört arbeiten, manchmal sitzt man völlig allein an der langen Tischreihe. Etwas Seltsames bemerkt habe ich nie.

Insgesamt sind wir nur ca. fünf Minuten zusammen auf S3. Dann sagt Jessica, sie müsse nun wirklich los. Sicher würde sie das bestreiten aber ich habe den Eindruck, dass nicht nur das näher rückende Seminar sie zum Aufbruch drängt. Es kommt mir so vor, als fühle sich Jessica hier unten unwohl, als sei sie nervös. Aber das kann auch meine Einbildung sein.

4. Neue Frische

Sonntag, 2. März 2008: Nach dem Abtippen des Gesprächs mit Jessica habe ich mich fast einen Monat nicht mit dem Thema „Unerklärliche Phänomene in der Bibliothek" beschäftigt. Wie es so ist: Man hört etwas, ist interessiert, will etwas dazu machen, dann rücken andere Angelegenheiten in den Vordergrund und es wird nichts daraus.

Vorgestern, also am Freitag, saß ich alleine in der Mensa. Den Vormittag über hatte ich in der Bibliothek – auch im Bereich S3 – nach Literatur für meine Doktorarbeit gesucht. Gegen zwölf bekam ich Hunger, beendete meine immer zäher werdende Suche und spazierte zur Mensa. Da ich nicht in sozialer Stimmung war, suchte ich mir einen Platz etwas abseits und als sich nur ca. zwei Meter von mir entfernt zwei Studentinnen setzten, störte mich das zunächst. Ich hatte keine Lust, ihr Gerede mitzuhören. Dann aber merkte ich, worüber sie sich unterhielten und plötzlich hatten die beiden meine volle Aufmerksamkeit. Es ging um die Bibliothek, um den Buchbereich S3. „Da sollen ja unheimliche Sachen passieren“ sagte die eine. Ja, das hätte sie auch schon gehört, erwiderte die andere. Wo sei eigentlich S3 genau?

Es folgte eine Wegbeschreibung, dann wechselte das Thema.

Wenn ich es richtig mitbekam, dann studieren die beiden Jura, haben also wahrscheinlich eher wenig auf S3 zu tun. Auch erwähnte keine irgendwelche persönlichen Erfahrungen. Es ging nur ums Hörensagen. Hätte eine der beiden von eigenen Erfahrungen berichtet, ich hätte sie wahrscheinlich angesprochen.

Noch auf der Nachhausefahrt gewann das Vorhaben, ein Projekt zu diesen unerklärlichen Ereignissen zu machen, an Gestalt und neuer Frische.

Und heute Vormittag habe ich einen Zettel entworfen, den ich in verschiedenen Bereichen der Universität aushängen will. Vielleicht meldet sich ja jemand. Ich drucke zehn Stück aus, morgen werde ich sie aufhängen.

Ist dir in der Bib etwas Seltsames passiert?

Hallo,

ich suche Leute, die auch schon seltsame, unerklärliche oder unheimliche Erfahrungen in der Bibliothek gemacht haben. Wenn du dazugehörst und Zeit/Lust zu einem kleinen Gespräch hast, dann melde dich bei mir.
Ich würde mich freuen, von dir zu hören.

Viele Grüße,
Oliver

(Darunter dann eingeschnittene Streifen mit meiner Festnetznummer, meiner Mobil-Nummer und meiner E-Mail-Adresse.)

5. Der erste Anruf

Montag, 3. März 2008: Die Zettel sind aufgehängt, vier an unterschiedlichen Stellen im Eingangsbereich der Uni, sechs in den Trakten verschiedener Fächer. Gegen 13 Uhr bin ich wieder zuhause und kurz nach 15 Uhr habe ich den ersten Anruf, den ich aber blöderweise verpasse. Ich bringe den Müll runter und als ich wieder oben bin, blinkt die Lampe an meinem Telefon. Ich höre die Nachricht ab:

„Hallo, hier ist Sabrina ... ich hab vorhin deinen Aushang an der Uni gesehen. Du kannst mich ja zurück rufen. Meine Nummer ist ..."

Ich schreibe mir die Nummer auf und rufe zurück. Ich lasse es acht Mal klingeln, niemand geht ran. Ich höre noch einmal die Nachricht auf dem Anrufbeantworter ab, nur um sicherzugehen, dass ich mir die Nummer richtig notiert habe. Ja, alles richtig. Im Laufe des Nachmittags versuche ich es noch zwei Mal, niemand geht ran. Dann probiere ich es gegen 21 Uhr noch einmal – wieder nichts. Auch kein AB, auf den ich sprechen könnte. Ich werde es morgen wieder versuchen. Sonst ruft niemand mehr an.

6. Der zweite Anruf

Dienstag, 4. März 2008: Kurz nach elf versuche ich es noch einmal bei Sabrina. Eine Frauenstimme, vermutlich die gleiche wie auf meinem Anrufbeantworter:

„Ja, hallo?"

„Hallo, hier ist Oliver. Du hattest gestern bei mir angerufen wegen-"

Weiter komme ich nicht, die Verbindung wird unterbrochen. Ich drücke auf Wahlwiederholung. Wenn sie keine Lust mehr hat, sich mit mir zu unterhalten, dann soll sie mir das zumindest so sagen. Ich lasse es zwölfmal klingeln, niemand geht ran. Okay, dann eben nicht. Ich werde der blöden Kuh nicht hinterher telefonieren. Und wenn sich niemand mehr meldet: Auch gut, dann habe ich mehr Zeit für Wichtigeres.

Den Tag verbringe ich zuhause, arbeite an meiner Dissertation und warte auf weitere Anrufe. Kurz nach sechs klingelt das Telefon. Am anderen Ende ist eine Frau, die sich mit „Hallo, hier is Mara" meldet. Sie habe eines meiner Flugblätter gesehen und sich angesprochen gefühlt. Mara will wissen, ob ich selbst etwas Seltsames in der Bib erlebt habe und Leute zum „Erfahrungsaustausch" suche.

Als ich ihr sage, dass ich selbst noch nie etwas Unheimliches in der Bibliothek erlebt habe, aber immer wieder von unheimlichen Erlebnissen gehört habe und diese Erlebnisse gerne dokumentieren würde, wirkt sie enttäuscht. Man hätte den Aushang so verstehen können, dass ich selbst schon etwas Seltsames erlebt habe. Das sei „etwas missverständlich" formuliert.

Um das Gespräch zu retten erzähle ich Mara, dass ich in meiner Kindheit ein Erlebnis hatte, das ich bis heute nicht erklären kann, und dass ich schon aufgrund dieses Erlebnisses den Berichten von unerklärlichen Ereignissen in der Bibliothek aufgeschlossen gegenüber stehe, dass ich nicht einfach „Alles Einbildung" denke.

Mara meint, sie müsse sich die Sache noch überlegen. Sie würde mich in etwa einer Stunde noch einmal anrufen. Ob ich dann zuhause sei? Ja, antworte ich, sie könne mich den ganzen Abend erreichen. Etwa fünf Minuten später klingelt das Telefon, Mara ist dran. Sie habe sich gerade gedacht „Jetzt stell dich nicht so an", außerdem höre ich mich nett an. Wir verabreden uns für Mittwoch, 19 Uhr, also morgen. Sie gibt mir ihre Adresse durch, ich soll zu ihr kommen. Auch ihre Telefonnummer bekomme ich. Ich soll anrufen falls etwas dazwischen kommt.

Dieses unerklärliche Erlebnis aus meiner Kindheit, das ich Mara gegenüber erwähnte, gibt es wirklich. Ich habe es mir nicht einfach ausgedacht, nur um ihr Vertrauen zu gewinnen. Ich will dieses Erlebnis erzählen. Vielleicht erklärt es mein Interesse für das Seltsame, das angeblich in der Bibliothek vor sich geht.

Einschub: Ein Kindheitserlebnis

Wahrscheinlich haben die meisten, die das hier lesen, schon einmal von Freunden, Verwandten oder Bekannten Geschichten von übernatürlichen Ereignissen gehört. Und einige haben wohl auch selbst Dinge erlebt, die sie als „übernatürlich" oder zumindest „unerklärlich" bezeichnen würden.

Ich hatte vor vielen Jahren ein Erlebnis dieser Art. Und ich bin bis heute von dieser Erfahrung beeindruckt, kann das Erlebte nicht einfach als Sinnestäuschung oder als „Trick" abtun. Ich bin mir (fast) sicher, dass ich nicht hereingelegt wurde. Und ich bin mir (ganz) sicher, dass meine geistige Verfassung damals völlig okay war. Es war kein Alkohol im Spiel und auch keine anderen Rauschmittel. Ich war nicht übermüdet und auch nicht besonders „aufgekratzt". Mein mentaler Zustand war normal, unauffällig. Zwar war ich damals erst zwölf Jahre alt, aber auch meine kindliche Phantasie kann ich nicht verantwortlich machen. Ich bin mir sicher, dass das, was ich jetzt erzählen werde, genau so passiert ist.

Es war Frühling 1990, ich wollte und durfte bei einem Freund übernachten. Hier soll er Olaf heißen, eigentlich heißt er anders. Heute habe ich keinen Kontakt mehr zu ihm. Ich weiß nicht, was er macht, was aus ihm geworden ist.

Olafs Eltern waren geschieden, er lebte bei seiner Mutter und das Leben der beiden war nicht einfach. Es fehlte an Geld. Die Eltern hatten sich im Streit getrennt, die Mutter versuchte, Olaf von seinem Vater fernzuhalten und der Vater wollte keinen Unterhalt zahlen, solange er nicht seinen Sohn sehen durfte. Aufgrund der Scheidung und der allgegenwärtigen Geldprobleme hatte Olaf schon einige Umzüge mitgemacht. Mit zwölf hatte er schon in sechs verschiedenen Häusern und Wohnungen gelebt.

Aber trotz aller Schwierigkeiten war Olaf ein normaler, unauffälliger Junge. Er war umgänglich, nicht besonders streitlustig und relativ unterhaltsam. Wir waren nicht beste aber gute Freunde.

An dem Freitag Abend, von dem ich berichten will, besuchte ich Olaf in einem älteren, etwas baufälligen Haus, in dem er und seine Mutter etwa drei Wochen vorher eine Wohnung im zweiten Stock bezogen hatten. Diese Wohnung war kurzfristig frei geworden. Im Treppenhaus standen und lagen noch die wenigen Sachen der Vormieterin: Haus- und Straßenschuhe, eine fleckige, durchgelegene Matratze, Kisten mit vergilbten Büchern, aus denen kleine, schwarze Käfer krabbelten, Säcke voller Kleidung, eine altmodische Stehlampe mit eingerissenem Schirm... Ich erinnere mich deshalb an diese Sachen, weil Olaf und ich auf der Suche nach etwas Interessantem oder gar Wertvollem darin herumstöberten.

Auch in der Wohnung selbst standen noch einige Möbel der Vormieterin. Im Flur eine alte, dunkle Holzkommode, im Wohnzimmer ein verschnörkeltes Monstrum von Einbauschrank und eine große Standuhr, deren Zeiger sich nicht bewegten. Alles Andere, alles Leichte und weniger Sperrige, war bereits weggeschafft oder zumindest ins Treppenhaus gestellt worden.

Ich kam gegen sechs bei Olaf an und Olafs Mutter verabschiedete sich um acht. Sie war der Ansicht, man könne Zwölfjährige einen Abend alleine lassen und wahrscheinlich auf Männersuche. Sie würde gegen Mitternacht wieder da sein, bis dahin konnten wir machen was wir wollten.

Besonders viel wollten wir gar nicht. Olaf und ich saßen den Großteil des Abends auf der Couch, aßen Erdnussflips, tranken Cola und schauten Wrestling im Privatfernsehen. Wir waren zwölf und es gefiel uns, großen, grotesk gekleideten Männern dabei zuzusehen, wie sie so taten, als würden sie sich ernsthaft verletzen. Wenn ich mich recht erinnere, dann war ich damals noch der Ansicht, sie würden sich tatsächlich prügeln.

Zuhause hatten wir noch kein Privatfernsehen, nur ARD, ZDF und das langweilige Dritte. Schon deshalb war der Abend etwas Besonderes. Ach ja: Cola gab es zuhause auch nicht, schlecht für die Zähne.

Irgendwann, es war gegen halb elf, ließ die Anziehungskraft des Privatfernsehens nach und Olaf fragte mich, ob ich „was Komisches" sehen wolle. Ich erinnere mich, dass ich ihn fragte, was denn dieses „Komische" sei. Olaf antwortete nicht, tat geheimnisvoll und führte mich in den Flur der Wohnung, direkt zu der großen, dunklen Holzkommode, die noch von der Vormieterin stammte. Ich bin mir nicht mehr ganz sicher, wie diese Kommode gebaut war. Wahrscheinlich handelte es sich um einen dieser alten Wäscheschränke mit mehreren tiefen Schubladen. Unten hatte dieser Schrank – eigentlich war es doch eher eine Kommode, das Ding reichte uns nur bis zu den Schultern – zwei (vielleicht auch drei) Schubladen und ganz oben eine kleine, flache. Diese öffnete Olaf. In der Schublade lagen säuberlich zusammengefaltet unterschiedliche Stofftaschentücher, größtenteils weiß mit Karomuster, einige auch hellblau, insgesamt vielleicht zehn oder fünfzehn Stück.

Olaf sagte, ich solle mir eines der Taschentücher aussuchen, es herausnehmen und auseinander falten. Ich griff mir ein rot kariertes mit Spitzenbesatz. Dann sollte ich es auf den Boden fallen lassen. Obwohl mir die Sache mittlerweile albern vorkam, tat ich, was Olaf mir sagte. Das Taschentuch segelte zu Boden und blieb ausgebreitet auf den abgewetzten Dielen des Flurs liegen. Jetzt, so erklärte mir Olaf, müssten wir einfach zurück ins Wohnzimmer gehen und warten. Er machte das Licht im Flur aus, wir gingen zurück ins Zimmer und Olaf schloss die Tür. Dann saßen wir einige Minuten – wie lange genau, das kann ich nicht mehr sagen – nebeneinander auf dem Sofa. Natürlich fragte ich Olaf, was das alles soll. Er meinte nur, ich soll still sein.

Irgendwann war die Frist vergangen, die Olaf für angemessen hielt. Er stand auf, öffnete die Zimmertür, machte Licht im Flur und wir gingen zur Kommode. Im Grunde hätte ich mir ja denken können, worauf das alles hinaus lief. Trotzdem war ich überrascht, das zu sehen, was ich sah. Beziehungsweise ich war überrascht, das nicht zu sehen, was ich eigentlich hätte sehen müssen. Das Stofftaschentuch war verschwunden. Olaf grinste mich an. Dann öffnete er die kleine Schublade und da lag das Taschentuch, fein säuberlich zusammengefaltet, genau wie zuvor, auch an der gleichen Stelle in der Schublade, das gleiche Taschentuch. Immer noch grinste Olaf, er freute sich über meine Ratlosigkeit. Ich weiß nicht mehr, was ich beim Anblick des Taschentuchs sagte, ob ich überhaupt etwas sagte.

Ein paar Minuten später saßen wir wieder auf der Couch und Olaf erklärte mir, er habe diese Entdeckung vor etwa einer Woche gemacht. Wenn man ein Taschentuch auf den Boden werfe, dann sei es nach ein paar Minuten wieder an seinem Platz. Bestimmt zehn Mal habe er es schon ausprobiert und nur zwei Mal sei das Taschentuch auf dem Boden liegen geblieben. Da habe er es dann selbst zurück getan.

Ich wurde misstrauisch und warf meinem Freund vor, er würde mich reinlegen. Das Taschentuch könne nicht einfach von allein zurück in die Schublade wandern. Es müsse also noch irgendjemand in der Wohnung sein. Ich überlegte schon, welcher unserer Klassenkameraden an der Aktion beteiligt sein könnte. Sicher sollte ich reingelegt werden.

Olaf bot mir an, alle Zimmer auf Komplizen zu durchsuchen und das tat ich dann auch. Die Wohnung hatte das Wohnzimmer, den Flur, ein kleines Bad, ein Kinderzimmer und das Schlafzimmer. Wir gingen in jeden Raum, machten Licht und ich durfte mich umsehen. Zum Glück blieb Olaf immer in meiner Nähe, alleine hätte ich Angst gehabt in der fremden Wohnung. Heute, im Nachhinein, wünschte ich, ich hätte auch in die Schränke, hinter die Gardinen und unter die Betten geschaut. Dann könnte ich völlig sicher sein, dass außer uns beiden niemand in der Wohnung war. So bleibt ein Zweifel.

Nach unserer Wohnungserkundung gingen wir wieder ins Wohnzimmer, setzten uns auf die Couch, schwiegen, starrten ins Leere und aßen Erdnussflips. Natürlich wollte ich locker wirken, ganz entspannt. Aber ich war verwirrt und ich war wütend, wütend auf Olaf, der es ganz offensichtlich genoss, mir etwas gezeigt zu haben, das ich nicht verstand. Irgendwann fragte ich ihn, ob das mit dem Taschentuch auch mehrmals hintereinander klappen würde. Olaf sagte ja, das würde klappen. Und so wiederholten wir das Ganze. Diesmal war er es, der ein Taschentuch – ein anderes als beim ersten Mal – aus der Schublade nahm und auf den Boden fallen ließ. Wenn man im Flur bliebe, dann würde nichts passieren, erklärte mir Olaf. Also gingen wir wieder ins Wohnzimmer und warteten einige Minuten. Ich lauschte angestrengt, es hätten ja irgendwelche Geräusche aus dem Flur kommen können. Aber in der Wohnung war es totenstill, ich hörte nur meinen eigenen Atem und durch die Fenster drang gedämpft der Lärm der nahen Hauptstraße.

Wie gingen wieder in den Flur. Das Taschentuch war verschwunden, genau wie vorher. Und genau wie vorher lag es ordentlich zusammengefaltet an seinem Platz in der Schublade. Jetzt war es mir unheimlich, ich wollte nicht mehr in dieser Wohnung übernachten. Obwohl es schon nach elf war, rief ich bei meinen Eltern an und bat um sofortige Abholung. Aber da ich keine überzeugenden Gründe für meinen Wunsch hatte, lehnten sie ab. Die Geschichte mit dem Taschentuch erzählte ich nicht. Wahrscheinlich dachten sie, wir hätten uns gestritten und würden uns auch wieder vertragen.

Pünktlich um zwölf gingen wir ins Bett und kurz darauf kam Olafs Mutter zurück. Ich schlief nicht besonders gut aber es passierte auch nichts mehr, nichts Ungewöhnliches. Zum Glück musste ich nicht aufs Klo. Auf keinen Fall wäre ich nachts alleine in den dunklen Flur gegangen. Auf dem Weg ins Bad hätte ich ja an der Kommode vorbei gemusst. Eher hätte ich aus dem Fenster gepinkelt.

Es war die erste und die letzte Nacht, die ich bei Olaf verbrachte. Er und seine Mutter lebten noch etwa ein halbes Jahr in der alten Wohnung, dann zogen sie wieder um.

Ich überlege, ob ich schreiben soll, was Olaf noch zu der Sache mit dem Taschentuch zu sagen hatte. Ich bin mir nicht sicher, ob seiner Geschichte zu trauen ist. Vielleicht ist das, was er mir am folgenden Montag in der Schule erzählte, nur Erfindung. Aber gut, ich will seine Geschichte so wiedergeben, wie er sie erzählt hat:

Die Vormieterin war eine alte Frau, deutlich über achtzig. Nur zwei Wochen bevor Olaf und seine Mutter einzogen, fiel diese Frau die Treppe hinunter. Wie gesagt: Die Wohnung lag im zweiten Stock.

Die Frau konnte nach dem schweren Sturz nicht mehr aufstehen und da niemand sonst im Haus war – die einzigen Nachbarn waren im Urlaub und die meisten Wohnungen standen ohnehin leer – hörte niemand ihre Hilferufe. Nach drei Tagen wurde dann ihre Leiche gefunden. Erst behauptete Olaf, die alte Frau sei verdurstet. Als ich das nicht glauben wollte, da änderte er die Todesursache auf Herzinfarkt.

Diese Frau sei es, so Olaf, die die Taschentücher wieder in die Kommode lege. Schließlich gehörte die Kommode ihr und schließlich habe sie die Taschentücher so ordentlich gefaltet. Und wegen dem Tod der Frau sei die Wohnung auch so kurzfristig frei geworden.

Ich weiß bis heute nicht, was ich von dieser Geschichte halten soll. Ich habe leider nie versucht, herauszubekommen, ob tatsächlich eine alte Frau in der Wohnung lebte. Zumindest die Sachen, die im Flur standen, sprechen dafür. Aber ist diese Frau tatsächlich die Treppe hinunter gestürzt und an dem Sturz gestorben? Vielleicht starb sie im Krankenhaus. Vielleicht ist sie überhaupt nicht gestorben sondern nur in ein Altersheim gezogen, in das sie ihre Möbel nicht mitnehmen konnte.

Mir klingt das alles zu sehr nach einer klassischen Gespenstergeschichte: Ein ungewöhnlicher, womöglich qualvoller Tod, eine Tote, die nicht zur Ruhe kommt und in einer sowieso schon etwas unheimlichen Umgebung unheimliche Dinge anstellt.

Ich weiß nur, was ich erlebt habe. Ich habe mit eigenen Augen gesehen, dass die Stofftaschentücher, die wir auf den Boden fallen gelassen hatten, auf (für mich) unerklärliche Weise wieder in der Schublade waren. Wer oder was die Taschentücher zurück tat, das kann ich nicht sagen. Ich wünschte, ich hätte damals sorgfältiger nach Komplizen gesucht und nicht nur einen flüchtigen Blick in jedes der Zimmer geworfen. Dann wüsste ich entweder, dass ich hereingelegt wurde. Oder ich wäre mir ganz sicher, dass das eben nicht der Fall war.

Was aber gegen die Verschwörungs-Hypothese spricht: Die Wohnung war alt, alles war alt. Die Holzdielen knarrten, wenn man über sie lief. Die Türen quietschten, wenn man sie öffnete. Mit allerhöchster Wahrscheinlichkeit hätte jemand, der in den Flur gekommen wäre, ein Geräusch verursacht. Aber es war absolut nichts zu hören. Gerade bei unserem zweiten „Versuch“ saßen wir ganz still und ich lauschte angestrengt. Nichts, absolute Stille. Auch der Straßenlärm war nicht so laut, dass er Geräusche in der Wohnung hätte überdecken können. Und trotzdem war das Taschentuch zurück an seinem Platz. Irgendjemand oder Irgendetwas muss das getan haben.

Ich bin nicht abergläubisch und nicht religiös. Ich glaube weder an Kobolde, noch an Engel, Marienerscheinungen, Dämonen, die große Waldfee oder das fliegende Spaghetti-Monster. Ich habe keine Angst im Dunklen und ich habe mich schon mehrmals nachts auf Friedhöfen herumgetrieben. Ich kann auch abends Horrorfilme anschauen oder Gruselgeschichten durchlesen ohne nachher bei Licht schlafen zu müssen. Kurz: Ich bin der eher „rationale" Typ, keiner der schnell an Dinge glaubt, die er nicht mit eigenen Augen gesehen hat.

Aber in all meiner Rationalität steckte immer wie ein Fremdkörper dieses eine Erlebnis, das ich so genau geschildert habe, wie es mir nach all den Jahren noch möglich ist. Wegen der Geschichte mit dem Taschentuch kann ich nicht einfach sagen: Es gibt nichts Übernatürliches, nichts Paranormales.

Zwar kann ich nicht ausschließen, dass Olaf doch einen Komplizen hatte, dass ich Opfer eines Streichs wurde, dass sich jemand in der Wohnung versteckt hielt. Aber ich halte das für unwahrscheinlich, ich glaube einfach nicht an so einen ausgetüftelten Plan. Und falls es doch ein Streich war: Hätte ich nicht irgendwann davon erfahren müssen, Monate oder Jahre später? Hätte ich nicht mitbekommen, wenn in der Klasse über mich gelacht worden wäre, wenn Olaf den Anderen mein blödes Gesicht beschrieben hätte?

Mit Sicherheit war es unter anderem diese Geschichte, diese eine seltsame Erfahrung aus meiner Kindheit, die dafür sorgte, dass ich nicht einfach „Blödsinn" sagte, als ich davon hörte, dass in der Bibliothek unerklärliche Dinge passieren. Ich begann mich für diese Dinge zu interessieren und aus diesem Interesse heraus entstand das, was Sie gerade lesen. Man kann sich nicht mit einem Phänomen befassen, wenn man von vornherein denkt: Alles Einbildung, alles dummes Zeugs.

7. Maras Erlebnis

Mittwoch, 5. März 2008: Kurz vor 19 Uhr treffe ich bei der Adresse ein, die mir Mara genannt hat. Sie wohnt in einer großen Studenten-WG in einer ehemaligen Kaserne. Die Tür öffnet mir ein Mitbewohner, er führt mich auch zu Maras Zimmer. Ich klopfe an und Mara ruft, ich solle reinkommen. Die Begrüßung ist freundlich. Wir stellen fest, dass wir uns an der Uni schon einmal gesehen haben. Wahrscheinlich in irgendeinem Seminar.

Mara macht einen dezent alternativen Eindruck. Ihre Fingernägel sind schwarz lackiert, die Haare rot gefärbt. Ihre Kleidung wirkt durchdacht-unkonventionell. Sie ist 24 Jahre alt und studiert seit sechs Semestern Soziologie, Politik und Geschichte.

Das Zimmer passt zu seiner Bewohnerin. An einer Wand hängen Poster von Nick Cave, PJ Harvey und einer Frau mit Gitarre, die ich nicht kenne. Die Möbel scheinen größtenteils vom Flohmarkt zu stammen. Das Bett besteht aus einer Matratze auf Euro-Paletten und ihre Bücher hat Mara einfach eine Wand entlang aufgereiht. Der Boden aber ist sauber und es liegt wenig herum. Wie Mara selbst wirkt auch ihr Zimmer dezent alternativ, nicht schmuddelig oder chaotisch.

Fürs Gespräch setzen wir uns auf den Teppichboden. Zwischen uns steht ein flacher, rot lackierter Holztisch. Auch er sieht nach Flohmarkt aus, vielleicht auch Eigenbau. Mara fragt mich nicht, was ich trinken möchte, holt einfach zwei Flaschen Bier (Tannenzäpfle) aus einem winzigen Retro-Kühlschrank neben ihrem Bett. Ab sieben sei „Bierzeit", so Mara. Sie öffnet die Flaschen mit ihrem Plastikfeuerzeug, dreht sich dann eine Zigarette. Es kann losgehen.

Während des Gesprächs kommen zweimal Mitbewohner ins Zimmer. Der eine hat eine Frage was die Kühlschrankvorräte angeht. Der andere wühlt ganz selbstverständlich in Maras Platten- und CD-Sammlung und zieht mit einigen CDs ab. Sie kümmert sich nicht groß um die beiden, redet einfach weiter.

Mara erzählt lebhaft, wirkt einige Male wie „mitgerissen" von der eigenen Erzählung. Einige Stellen haben einen gewissen melancholisch-ironischen Unterton. Insgesamt bin ich etwa 70 Minuten bei Mara, das Interview selbst dauert rund 45 Minuten.

[Beginn der Aufnahme]

I: Okay, Band läuft.

R: Okay…supi.

I: Vielleicht könntest du einfach fürs Band mal erzählen was dir passiert ist.

R: Ja klar, hatten wir ja so gesagt (lacht) also ... wo fang ich jetzt an? Also ich heiß Mara, bin 24 und mir ist was Komisches passiert (lacht). Und zwar in der Bib, unterstes Stockwerk. Du kennst das ja, ist ja sowieso irgendwie gruselig.

I: schon, ja.

R: Das war jetzt vor nem halben Jahr so pi mal Daumen.

Soll ich so die ganze Geschichte erzählen mit allem Davor oder soll ich gleich zur Sache kommen?

I: Ähm ruhig n bisschen ausführlicher.

R: Jawoll, es war dunkler Herbst und auch sonst ne schwere Zeit. Prüfungsvorbereitungs-Stress. Und ich hab eigentlich kaum was gemacht als in der Bib rumzusitzen und mir ab und zu mal nen Kaffee zu holen. Tolles Leben! Und was auch toll war: Ich musste mich für ne Prüfung vorbereiten durch die ich schon durchgefallen war. Also zweiter Versuch ... und man hat ja nur zwei. Danach nur mit Sondergenehmigung. Man braucht dann irgendein Attest vom Arzt oder vom Psychiater oder so was.

I: Also letzte Chance.

R: Jo, zumindest vorletzte. Und natürlich gabs noch andere Prüfungen für die ich lernen musste, wär ja sonst zu entspannt. Ja und so sitz ich schon seit Wochen tagein tagaus in der Bib und geh irgendwelche Bücher und irgendwelche Texte oder Aufsätze durch ... grad in dem einen Fach, wo ich die Prüfung zu bestehen hatte, da hatten wir nen Reader so dick wie ne durchschnittliche Matratze (lacht) Na ja, ist vielleicht übertrieben aber drei aufeinander gelegt und man hat n kleinen Nachttisch. Das war immer so n blöder Witz von dem Prof, der diesen Reader verbrochen hat.

I: Kommt mir bekannt vor.

R: Stimmt du hast ja auch ... ähm ja, jedenfalls sitz ich schon seit Wochen über den Büchern und zwar unten auf S3.

I: Warum dort unten?

R: Och da sind eben Sachen die ich brauch. Außerdem ist es da ruhig und man findet n Platz. Ach ja: Nicht so viele Juristen dort unten (lacht).

I: Was gegen Juristen?

R: Nö, solange sie woanders sind nicht (lacht) ... aber ernsthaft ähm, zum Thema. Also es war Mittwoch Abend so gegen neun oder vielleicht halb zehn. Ich saß schon seit fünf da unten und hab mir nur mal zwischendurch n Kaffee und ne Brezel geholt. Und jedenfalls, ich war sowieso müde an dem Tag und irgendwann merk ich wie mir so die Augen zufallen und der Kopf auf die Brust sinkt. Aber ich denk halt: Nö, nicht nachgeben. Ne Stunde noch, das hältst du noch durch und dann kannst du nach Hause ins Bett.

I: Ähm, warst du alleine da unten?

R: Ja, ganz allein. Kein Mensch weit und breit. Das macht's natürlich noch langweiliger. Weil sonst schaut man eben doch mal rüber. Was macht der? Kennt man vielleicht jemand irgendwoher? Oder sieht jemand irgendwie süß aus? (lacht). Aber an dem Abend war ich alleine da unten und es ist dann ja auch ganz ruhig, höchstes so n Lüftungsgeräusch. Und ja, mir fallen eben schon die Augen zu und der Kopf wird schwer und irgendwann bin ich dann im Sitzen eingeschlafen ... äh wobei „eingeschlafen" eigentlich schon zu viel gesagt ist. Das war eher so der Moment wo man sagt: Jetzt ruhst du die Augen aus und lässt halt mal den Kopf sinken und dann bist du gleich wieder da. Das war eher so ne Art

Halbschlaf, so die Übergangsphase zwischen wach und schlafend.

I: Das war so gegen halb neun?

R: Halb zehn, ja. Also ich befinde mich so in diesem Halbschlafzustand wo man noch irgendwie in der Welt ist, man ist noch da, aber man beginnt so abzudriften, man gleitet so hinüber in den Schlaf. Und da spüre ich, wie mich jemand streichelt, wie mir jemand über den Kopf beziehungsweise übers Haar streichelt. Und erst war das ein ganz angenehmes Gefühl, man schläft schon fast und jemand streichelt einen. Das ist ja nicht schlecht. Aber dann kam so von hinten, so durch diese Wolke von Schläfrigkeit und diesem äh ja diesem Angenehmen hindurch so der Gedanke: Da stimmt was nicht, wer fasst dich da an? Wie so n Verdacht: Wer fasst dich da an? Was passiert da gerade? Und dadurch bin ich dann auch wieder wacher geworden ... jetzt nicht erschrocken und geschrieen oder so aber eben wieder aufmerksam, wieder klarer. Und immer noch spür ich das Streicheln auf meinem Kopf, irgendjemand der mir so übers Haar fährt. Und ich hab mich aufgestützt und so den Kopf gehoben und mich auch umgedreht ... ähm, das sind ja so Drehstühle, und da war niemand, da war einfach niemand. Aber immer noch spür ich so die Hand, die mir so über den Kopf fährt. Und das war auch kein so leichtes Streicheln mehr, das war irgendwie fester geworden, irgendwie ... bestimmter. Aber ja, da war niemand ... vielleicht kennst du das, wenn einem so langsam das Grauen hochsteigt ... ähm ... wie so ein Bewusstwerden: Das ist jetzt ne ganz bedrohliche Situation. Und ich hab dann irgendwie den Kopf bewegt und auch nach dieser Hand geschlagen, die ja nicht da war. Da war ja nichts.

Aber ich hab das wirklich gespürt, so als wenn du mich jetzt anfassen würdest. Also ganz real ... und vor allem: Als ich auch schon richtig wach war, als ich schon klarer war, da ging das ja weiter.

I: Und ging die Hand oder äh das Streicheln dann weg, als du danach geschlagen hast?

R: Ja, das war dann ganz plötzlich weg und ich hab echt, ich hab echt so nen Schweißausbruch gehabt, totale Panik. Weil das eben auch so bestimmt, so aggressiv geworden war und weil ich dachte: Jetzt kommt gleich wieder was, jetzt packt dich gleich was und reißt dich irgendwie weg oder ... ja, jetzt fasst dich wieder einer am Kopf. Und ich bin dann ja aufgestanden und äh ... dann erst mal nur so dagestanden, so wie kampfbereit, alle Sinne voll angespannt und gleichzeitig so: Du musst jetzt deine Sachen holen und dann weg hier. Das klingt vielleicht bescheuert: Man hat echt Schiss und denkt, jetzt kommt wieder was und du musst weg äh und trotzdem denkt man auch: Du musst deine Sachen einpacken und du kannst deine Sachen jetzt nicht hier liegen lassen.

I: Das sind dann so gegensätzliche-

R: -genau, also ganz komisch auch. Ich hab dann wirklich unter Panik meine blöde Tüte gepackt, alles irgendwie reingestopft und die ganze Zeit gedacht: Jetzt berührt er dich gleich wieder, jetzt kommt gleich was. Und ich bin eigentlich nicht der ängstliche Typ.

I: Und kam irgendwas oder ähm hast du irgendwas bemerkt?

R: Nö, nicht in dem Moment. Also nicht als ich meine Tasche ähm so die Sachen reingestopft hab ... und ja, also war ja keine Tasche, das war so ne durchsichtige Plastiktüte, Taschen sind ja nicht erlaubt in der Bib. Und ich weiß noch, die scheiß Plastiktüte bleibt nicht richtig offen, die klappt so zu und dadurch dauert das dann noch länger mit dem Packen. Aber ich hab eben trotzdem ... äh...

I: Du hast dich dann so zusammengenommen...

R: Genau, Übung in Selbstbeherrschung. Also Tüte packen und nicht irgendwie alles auf den Boden schmeißen und schreiend weglaufen. Und auch als ich dann los bin. Ich bin zwar schnell gelaufen aber eben nicht gerannt. Ich bin so schnellen Schritt zwischen den Bücherregalen durch. So dieses: Du rennst jetzt nicht, du nimmst dich jetzt zusammen. Aber Angst hatte ich schon, eben weil dieses Streicheln so äh ... bestimmt und eben auch aggressiv geworden war.

I: Und du meintest, dann war noch was?

R: Ja, ich marschier da zwischen den Regalen durch, weg von meinem Platz und in Richtung Treppe und da, ganz plötzlich, stößt mich jemand von hinten, so gegen den Rücken. Also du musst dir vorstellen: Als ob jemand einen so mit beiden flachen Händen einfach nach vorne stößt. Und eben wie vorhin: Da war niemand, da war ganz einfach niemand. Das kam aus dem Nichts, da war einfach niemand in der Nähe, da bin ich ganz sicher. Und trotzdem eben ganz fühlbar, als ob ein Mensch einen so nach vorne stößt.

I: Wie wars dann mit der Selbstbeherrschung?

R: (lacht) die war im Arsch. Ich hab ja die ganze Zeit Schiss gehabt dass wieder was passiert. Aber irgendwo kam dann auch schon der Gedanke: Das war ne Halluzination, wegen Übermüdung oder jahrelangem Drogenmissbrauch und so (lacht)

I: Wieso Drogenmissbrauch?

R: Nee Quatsch, hab halt früher viel gekifft. Ist aber so weit ich sehen kann nichts geblieben (lacht). Also wie gesagt, es ist dann ja auch irgendwie so ne Selbstberuhigung, wie so n Schutzmechanismus für die Psyche. Wenn irgendwie was Erschreckendes passiert ... oder einfach was, das man nicht erklären kann, dann ist man auch erst mal erschrocken aber dann kommt so dieses: Das hast du dir jetzt aus dem und dem Grund eingebildet und eigentlich gibt's das nicht und alles ist doch so wie immer.

I: Und du hast direkt in dieser äh ... bedrohlichen Situation gedacht: Das ist vielleicht wegen Übermüdung oder...

R: Ja gut, vielleicht kamen so die Erklärungen ... die ähm Erklärungsgedanken auch erst später. In der Situation direkt vielleicht eher nicht. Aber zumindest war schon eine gewisse Beruhigung da nachdem ich endlich meine Sachen zusammengepackt habe und eben nichts mehr auf dieses Streicheln gefolgt ist und ich dann auch aufstehen und weggehen konnte. Also schon äh ... immer noch eine gewisse Angst. Aber eben auch die Beruhigung, dass nichts mehr passiert ist und dass das vielleicht ... vorbei ist.

I: Und wenn dann noch so was passiert, also ... dieses von hinten gestoßen werden...

R: Ja dann wird die Beruhigung, die dann langsam eingesetzt hat, natürlich weggewischt und dann kriegt man so richtig Panik. Ich weiß nicht ob ich jemals so wach war. Also so der ganze Körper in Alarmbereitschaft, alles ganz ähm ... ja.

I: Bist du dann gefallen, durch den Stoß?

R: Ich bin gestolpert aber nicht richtig gefallen. Also ich hab in der rechten Hand so diese Tüte gehabt und mit der Linken hab ich mich kurz auf dem Boden abgestützt. Ich bin so nach vorne gefallen und hab mich mit der linken Hand abgefangen. Und bin aber nicht hingeflogen. Mir tat nachher nur die Hand weh. Und dann, durch das Stolpern, war ich fast wie in so ner Startposition für nen Hundertmeterlauf (lacht) und dann bin ich wahrscheinlich auch die hundert Meter in unter zehn Sekunden gelaufen.

I: Das wär Rekord.

R: Ja (lacht) wurde aber leider nicht gestoppt ... meines Wissens (lacht).

I: Ähm du bist dann so richtig losgerannt?

R: Ja, jetzt ernsthaft, also ich hatte richtige Angst, richtige fette, eklige Angst. Das kannte ich gar nicht. Eigentlich n Wunder dass ich mir nicht in die Hose gemacht hab ... und das mein ich völlig ernst, ich hatte wirklich wirklich Panik.

Ich bin losgerannt und bis zur Treppe und dann die Treppe hoch und nichts wie raus, ins Freie. Irgendwie hab ich gedacht: Ich muss aus dem Gebäude raus, ich muss ins Freie. Und einigermaßen beruhigt hab ich mich erst da draußen, unter freiem Himmel. Boah, wenn ich irgendwie hingefallen wäre oder wenn mich noch mal jemand angefasst oder gepackt hätte oder äh, wenn ich an jemand Unsichtbares dran gerannt wäre, wenn mir jemand im Weg gewesen wäre, dann hätte ich vielleicht nen Herzinfarkt gekriegt. Mit 24 nen Herzinfarkt.

I: Mhm ja.

R: Nur damit du dir das vorstellen kannst. Das war nicht so ne komische kleine Begebenheit wo man nachher drüber lacht. Das war so ein Empfinden wo man richtig Angst hat. Mir war das auch völlig egal ob irgendwelche Leute mich sehen, wie ich da aus der Bib rausrenne. Also das sah ja bestimmt irgendwie komisch aus und weiter oben waren ja auch Leute, also nicht unten auf S3 ... aber weiter oben schon. Und ich denk heute noch: Gut dass ich da schnell weggekommen bin, da hätte noch was passieren können. Der wo mich da angefasst hat, der war wütend, der war aggressiv. Das war nicht zum Lachen.

I: Aber du hast vorhin gelacht...

R: Ja gut, aber ich nehm das schon ernst und deshalb hab ich auch gezögert mich bei dir zu melden ... ähm ... oder dann auch als wir telefoniert hatten ... weil ich eben auch weiß, das klingt alles vielleicht unglaubwürdig. Aber ich will das ernstgenommen ... haben, und wenn ich das jemandem erzähl und der lacht drüber oder der denkt „Die spinnt sich was zusammen, die ist irgendwie hysterisch“, dann kann ich auch echt aggressiv werden. Diese Überheblichkeit, dieses „Jaja, die Kleine erzählt Geschichten“ das ist echt zum Kotzen. Man ist dann so der Outsider. Man hat was erlebt was wirklich was Ernstes ist und vielleicht will man das weitergeben oder ja, auch Leute vielleicht warnen und dann wird man so als Spinner hingestellt.

I: Ist dir das mal passiert?

R: Ja klar. Erst vor kurzem bei nem Bekannten, der da unten arbeitet. Dem wollte ich einfach sagen, er soll woanders hin. Und dann erzähl ich ihm die Geschichte und er schaut mich nur an als wollte ich ihn verarschen. So nach dem Motto: Ja, guter Spaß, ist jetzt nicht mehr lustig.

[Unterbrechung wegen eines Mitbewohners, der ins Zimmer kommt. Weiter nach ca. 2 Minuten]

I: Ähm, vielleicht noch mal zu den beiden Ereignissen, also zu der Berührung am Kopf und zu dem Gestoßen-Werden...

R: Ja?

I: Ähm, wie viele Minuten dauerte die ganze Sache, also beides?

R: Höchstens zwei Minuten, also von da wo ich gemerkt habe: Da streichelt mir einer über den Kopf, dann mit dem Einpacken der Tüte und dann bis dahin, wo ich den Gang entlang bin und dann gestoßen wurde. Eher noch weniger als zwei Minuten, vielleicht nur eine. Ich kann das nicht so ganz genau sagen.

I: Und waren das nur diese Berührungen, die du beschrieben hast, oder hast du auch irgendwas gesehen oder gehört oder sonst irgendwie was wahrgenommen?

R: Wie gesagt: Gesehen überhaupt nichts, gehört eigentlich auch nichts. Ich hab mir nachher eingebildet, ich hätte so was wie ein Atmen gehört aber da bin ich mir nicht sicher. Man hat da ja auch immer so ein Hintergrundrauschen.

I: Von der Lüftung?

R: Ja, ich glaub. Ähm also wie gesagt: Nicht ganz sicher was das Atmen angeht. Vielleicht wars auch mein eigenes, das kann ich nicht sagen. Eins vielleicht noch. Ich hab gedacht: Es riecht komisch, so ganz leicht wie verbrannt. Nicht wie Küche oder so, nicht als ob Essen anbrennt. Aber so als ob ganz leicht so ein Brandgeruch in der Luft hängt, kaum wahrnehmbar. Stell dir vor du gehst irgendwo spazieren und in einiger Entfernung ist ein Lagerfeuer. Du riechst das nur ganz schwach, das ist schon vom Wind äh ... verweht.

I: Ähm, wann hast du den Geruch bemerkt?

R: Was heißt bemerkt ... puh ... wie gesagt: ganz schwach ... ich bin mir da auch unsicher. Aber okay, bemerkt hab ich das schon als ich so halb eingenickt bin, also noch bevor mir über den Kopf gestreichelt wurde. Aber eben nur ganz schwach, ich hab nicht gedacht: Da brennts irgendwo und jetzt geht die Sirene los und kommt gleich ne Dusche von oben. Später, als ich weg wollte und als ich so Panik hatte, da hab ich nichts mehr gerochen. Vielleicht gewöhnt sich die Nase auch an so nen ganz leichten Geruch.

I: Ich glaub an Brandgeruch gewöhnt man sich nicht. Das ist so n Schutzmechanismus vom Körper ... also weil das auf was Gefährliches hinweist.

R: Echt? Tja, dann war er wohl weg. Oder eben gar nicht erst da. Wie gesagt: Ich weiß, dass ich was gespürt habe, also die Berührungen und den Stoß. Bei allem anderen bin ich mir unsicher.

I: Und du bist dir ganz sicher, dass da niemand irgendwie hinter dir war, ähm...

R: Jetzt glaubs halt, hab ich doch schon gesagt.

I: Okay, sorry.

R: Noch mal fürs Protokoll: Ich bin mir hundert Prozent sicher dass da niemand war ... also da war schon jemand, aber eben kein Mensch, kein sichtbarer Mensch. Da war irgendwas, das mich gestoßen und angefasst hat und vor dem ich totalen Schiss bekommen hab. Aber mit Sicherheit kein Mensch aus Fleisch und Blut.

I: Ähm war das bei dir so das einzige Erlebnis dieser Art?

R: In dieser Deutlichkeit ja, in der Form ja.

I: Aber ähm...
R: Ja also, es gab schon mal komische Erlebnisse. Aber nichts, was da ranreichen würde. Ich hab mal so nen

Ferienjob gemacht in ner Fabrik, mit Nachtschicht bis morgens um sechs. Und da hatte ich einmal so ne Art Halluzination. Ich bin fast im Stehen eingeschlafen und ein paar Meter weiter stand ein Besen an der Wand und ich dachte plötzlich, der würde sich alleine bewegen, so mit dem Stiel an der Wand hin und her. Aber das war ganz klar die Müdigkeit.

I: Mhm ja.

R: Oder früher mit dem Kiffen, da gabs auch Leute die dann gesagt haben, sie hätten so Schemen gesehen. Obwohl das fürs Kiffen eigentlich nicht typisch ist.

I: Klingt mehr so nach LSD.

R: Stimmt (lacht) hab ich aber keine Erfahrung mit.

I: Aber so was richtig Ernsthaftes, also was Vergleichbares wie das Erlebnis in der Bib, gabs da was?

R: Kristallwasserklares Nein. Nichts was im entferntesten so drastisch wäre. Absolut nein.

I: Also danach auch nicht?

R: Nö, zum Glück nicht.

I: Ist da irgendwas davon geblieben, ähm...

R: Wie meinst du?

I: Also dass man vielleicht nach so was mehr Angst hat oder so.

R: Ich bin nicht der ängstliche Typ. Ich hab jetzt nicht plötzlich Angst im Dunkeln oder denk, dass mich in jedem Moment jemand anfassen kann.

I: Aber es war ja schon ein Erlebnis, das ziemlich bedrohlich war.

R: Ja, klar ... es war schon so dass ich ne gewisse Zeit brauchte um runterzukommen. Ich hab dann auch ne Freundin angerufen und die gefragt, ob ich bei ihr schlafen kann. Ging dann auch. Ähm, ja gut, hier in der WG sind auch Leute aber ich wollte eben nicht allein in einem Zimmer schlafen. Und ja, man hat schon erst mal ein komisches Gefühl und sicher wird auch die Angst größer. Aber es war jetzt nicht so dass ich gedacht hab, ich muss zum Psychologen und brauch ne Therapie.

I: Warst du seitdem noch mal dort unten, also an dem Ort wo das passiert ist?

R: Ja, war ich. Ich bin da ein paar Mal durchgelaufen. Aber immer tagsüber, wenn auch Leute in der Nähe waren. Es ist schon so dass ich mich dort unten nicht mehr hinsetzen würde.

I: Man könnte ja auch sagen: Jetzt erst recht.

R: Könnte man, könnte man. Mach ich aber nicht. Sofern ist schon was geblieben. Alleine irgendwo sitzen und keiner ist in der Nähe ... ohne mich. Übrigens auch woanders nicht, man meidet schon Situationen die einen erinnern. Und äh, das hab ich sogar schon zu Hause erlebt. Also dass ich abends am Schreibtisch sitz und alles ist ruhig und mein Schreibtisch steht ja so, dass ich das

Zimmer im Rücken hab, siehst du ja, und dann denk ich: Hoffentlich ist jetzt nichts hinter dir und äh ... scheiße, jetzt machst du mal den Fernseher an damit mal irgendwelche Geräusche sind.

I: Denkst du, so was könnte dir auch hier passieren?

R: Jetzt hör bloß auf, bring mich bloß nicht auf Ideen ... Aber ähm ja, hab ich schon gedacht, nachdem das passiert war. So nach dem Motto: Da ist irgendein Wesen, das wollte was von dir und du bist angehauen. Und jetzt verfolgt es dich und ist schon längst bei dir in deinem Zimmer. Da läuft dann wie so n Film ab. Als Kind hab ich diese Poltergeist-Filme gesehen und mich total gegruselt, diese 80er Jahre Dinger. Müsste ich eigentlich sauer sein, dass meine Eltern mich das haben sehen lassen. Und da ist es ja so. Die Familie zieht immer um und der Poltergeist kommt mit, der verfolgt dieses kleine Mädchen, Carol-Anne oder wie die heißt.

I: Aber du fühlst dich nicht verfolgt?

R: Nee, ist ja auch nichts mehr passiert. Aber man denkt eben so: Da hat dich der so über den Kopf gestreichelt und das hat ja auch was Liebevolles. Und dann haust du ab und er wird wütend und greift dich an. Und vielleicht ist er jetzt hinter dir her, wie so n zurückgewiesener Liebhaber.

I: Glaubst du, dass dieses ... ich sag mal „Wesen", männlich war?

R: Keine Ahnung, männlich, weiblich, sächlich, was auch immer.

I: Weil du so sagtest: zurückgewiesener Liebhaber.

R: Nee, weiß ich nicht. Kann ich nichts drüber sagen. Das mit dem Liebhaber, das sind nur so Vergleiche.

I: Hast du vorher, bevor dir das passiert ist, an Übersinnliches geglaubt?

R: Also ich denk grundsätzlich: Es gibt mehr als wir uns so vorstellen können. Und nur weil wir irgendwas nicht wahrnehmen können oder von irgendwas keine Vorstellung haben, das heißt ja noch nichts. Wenn du mal überlegst: Radioaktive Strahlung kann man auch nicht sehen oder hören oder irgendwie anfassen und trotzdem gibt es sie und heute ist die Technik auch so, dass man sie messen kann. Und vor 300 Jahren, als die Leute davon noch nichts wussten, als es da noch gar keine Vorstellung von gab, auch da gabs ja schon Radioaktivität. Und vielleicht hat da mal irgendjemand nen Stein gefunden der radioaktiv war und den mit ins Dorf gebracht ... und dann sind die Leute krank geworden und alle ham gedacht: Da sind böse Geister in dem Stein. Man hat das so erklärt, wie man damals gedacht hat. Und heute würd man feststellen: Der Stein war radioaktiv und deshalb sind die Leute krank geworden. Und so denk ich: Auch wenn wir heute weiter sind, vieles wissen wir immer noch nicht. Aber vielleicht kann mans in hundert Jahren erklären.

I: Also auch so was wie es dir passiert ist?

R: Vielleicht ja, vielleicht nein. Aber das Erschreckende war ja, dass da jemand so richtig auf mich reagiert hat. Das war nicht nur ein unerklärliches Phänomen, das man so oder so deuten kann, das war wie ein bewusstes

Handeln. Wenn ich jetzt nur komische Geräusche gehört hätte oder irgendeinen Schatten durch die Luft hätte fliegen sehen, dann könnt ich das eher so sehen, so als unerklärliches Phänomen. Aber da hat ja jemand auf mich reagiert, auf mein Verhalten.

I: Fragt man sich dann: Warum gerade ich?

R: Äh ja, das kommt dann schon. Aber andererseits war ja niemand anders da an dem Abend und seitdem ist ja auch nichts passiert. So n bisschen: Falsche Zeit, falscher Ort (lacht). Und außerdem hab ich ja noch von ner Bekannten gehört, dass der da auch was passiert ist. Von daher denk ich: Das hat weniger mit mir persönlich als mit dem Ort zu tun.

I: Du kennst noch jemand, dem auch was passiert ist?

R: Ja, ne Bekannte. Ich kann dir nachher mal die Nummer geben oder ich frag mal bei ihr ob sie Bock hat, dir das zu erzählen.

I: Ja, das wär klasse.

R: Ihr Erlebnis war jetzt nicht so krass wie meins. Aber doch irgendwie ähnlich. Aber das soll se dir mal selbst erzählen.

I: Okay, das wars dann eigentlich schon. Danke fürs Interview

R: (lacht) gern, hat Spaß gemacht. Obwohl ich jetzt die Nacht das Licht anlassen muss. Wenn man so drüber spricht, dann kommt doch n bisschen die blöde Angst mit hoch.

I: Oh, das tut mir natürlich leid.

R: (lacht) bloß keine Schuldgefühle.

[Ende der Aufnahme]

Nach dem Interview bin ich noch ca. 20 Minuten bei Mara. Sie verspricht mir, bei ihrer Bekannten – Susanne heißt sie – nachzufragen, ob diese mit mir reden würde. Ich schreibe Mara noch einmal meine Telefonnummer auf. Sie will sie an Susanne weitergeben.

Falls diese keine Lust auf ein Gespräch habe, würde sie mich, so Mara, noch mal anrufen und mir Bescheid sagen. Ansonsten würde mich Susanne direkt anrufen.

Mara beschreibt mir noch, wo genau sie saß, als sie die Berührung an ihrem Kopf spürte, und welchen Gang sie entlang lief, als sie von hinten gestoßen wurde. Ich bin ein wenig enttäuscht, als ich feststelle, dass es wahrscheinlich nicht der gleiche Platz ist, an dem Jessica saß, als sie die Schritte hörte. Mara war vermutlich etwas weiter rechts, vielleicht drei Meter von der Stelle entfernt.

8. Nichts Ungewöhnliches

Samstag, 8. März 2008: Gestern und vorgestern war ich mehrere Stunden auf S3. Ich will mir angewöhnen, dort unten an meiner Dissertation zu arbeiten. Gestern saß ich fast vier Stunden, etwa von sechs bis zehn, an dem Platz, an dem Jessica saß als sie die Schritte hörte. Vorgestern saß ich etwa drei Stunden, etwa von halb fünf bis halb acht, dort, wo vermutlich Mara saß, als sie die Berührung an ihrem Kopf spürte.

Ich hatte nicht ernsthaft erwartet, etwas Unheimliches zu erleben und ich erlebte auch nichts Unheimliches. Aber es ist schon so, dass da unten eine etwas „seltsame“ Atmosphäre herrscht. Gerade abends ist es fast menschenleer, man hört nur das leise Rauschen der Lüftung. Und es scheint mir auch, als wäre es dort unten etwas „schummriger“ als anderswo, als wäre das Licht auf S3 ein anderes. Ich kann verstehen, dass sich Leute hier nicht gerne hinsetzen. Ich aber genoss die Ruhe und konnte gut arbeiten.

9. Noch ein Anruf

Sonntag, 9.März 2008: Etwa um 19 Uhr klingelt das Telefon, ein junger Mann ist dran. Er habe meinen Aushang gesehen und vielleicht könne er etwas zu meinem „Projekt“ beitragen. Ob es denn auch eine „finanzielle Aufwandsentschädigung“ gebe, wenn er sich mit mir unterhalte? Ich antworte, dass ich ihm kein Geld zahlen könne, ihm aber ein Bier oder einen Kaffee ausgeben würde. Darauf meint er, er müsse sich das noch überlegen.

Ich glaube nicht, dass er noch einmal anruft.

Ich werde auf keinen Fall anfangen, Geld für Interviews

zu zahlen. Zum einem brauche ich mein Geld selbst, zum anderen bestünde dann die Gefahr, dass sich Leute Geschichten ausdenken, nur um die „finanzielle Aufwandsentschädigung“ zu kassieren.

10. Susannes Erlebnis

Montag, 10. März 2008: Um 15.30 ruft mich Susanne an, Maras Bekannte. Ja, sie wäre prinzipiell bereit zu einem kleinen Interview. Es mache ihr nichts aus, über ihr Erlebnis zu sprechen. Vielleicht könne sie ja direkt am Telefon alles erzählen. Das wäre ihr eigentlich sogar lieber, im Moment habe sie nicht so viel Zeit.

Zum Glück kann ich Susanne überreden, sich doch persönlich mit mir zu treffen. Sie schlägt ein kleines Café in der Innenstadt vor, da sei es ganz nett. Ich kenne das Café, weiß, dass es dort relativ ruhig ist und man sich unterhalten kann, ohne brüllen zu müssen. Also stimme ich zu. Wie verabredet bin ich um 17 Uhr vor Ort.

Susanne zu finden ist nicht schwer, sie ist die einzige junge Frau in dem Café. Außer ihr befinden sich noch zwei ältere Damen in dem kleinen Raum, außerdem ein Mann, der in einem gelben Reclam-Band liest. Ich gehe zu ihr und wir begrüßen uns.

Susanne macht auf mich einen sehr „normalen“ Eindruck, was nicht abwertend gemeint ist. Sie ist blond, schlank, mittelgroß, trägt unauffällige, gepflegte Kleidung (Esprit) und trinkt Milchkaffee. Es ist schwer vorstellbar, dass sie und Mara – diese legt ja Wert auf einen unkonventionellen, „alternativen“ Stil – gute Freundinnen sind. Susanne erzählt, dass man sich aus einer Arbeitsgruppe kennt. Und Mara meinte ja auch nur, Susanne sei eine „Bekannte“.

Das Interview selbst ist relativ kurz. Gleich zu Beginn unseres Treffens sagt mir Susanne, dass sie nicht viel Zeit habe. Insgesamt unterhalten wir uns etwa 30 Minuten, die eigentliche Tonbandaufnahme ist etwas weniger als 20 Minuten lang.

Während unseres Gesprächs wirkt Susanne sehr unaufgeregt, nicht ängstlich oder irgendwie emotional aufgewühlt. Sie erzählt flüssig, muss selten nach dem richtigen Wort suchen. Manche ihrer Formulierungen erscheinen mir fast „druckreif". Diese Entspanntheit erstaunt mich etwas, räumt Susanne doch selbst ein, dass sie in der damaligen Situation große Angst hatte. Vielleicht rührt die Gelassenheit daher, dass das Ereignis, von dem sie berichtet, schon rund zwei Jahre zurück liegt. Damals war Susanne im zweiten Semester ihres Geschichtsstudiums.

Allerdings liegt auch das Ereignis, von dem Mara berichtete, etwa ein halbes Jahr zurück. Trotzdem wirkte Mara beim Interview aufgeregt und emotional involviert. Wahrscheinlich ist Susanne einfach der eher ruhige und überlegte Typ.

[Beginn der Aufnahme]

I: Ok, das Band läuft ... wenn du einfach mal erzählst.

R: Gut, das war jetzt vor ungefähr zwei Jahren. Du kennst doch die Tische, die unten auf S5 stehen.

I: Dort direkt bei den Regalen?

R: Genau, die Regale stehen dann so vertikal zu den Tischen ... ähm, jedenfalls hab ich da unten immer gelernt. Man findet da immer n Platz, da ist nie viel los. Außerdem ist es relativ ruhig. Ich kann das nicht ab wenn ich neben mir so ne Arbeitsgruppe hab und deren Diskussionen anhören muss. Also ich bin da gesessen...

I: Dort, wo auch Mara gesessen ist?

R: Ja, also gleiche Tischreihe. Zumindest in der Nähe von dem Platz, wo Mara das erlebt hat. Hat sie dir ja schon erzählt.

I: Mhm ja, um welche Uhrzeit war das ungefähr? Also dein Erlebnis.

R: Das war ziemlich genau fünf nach acht. Ich weiß das deshalb weil ich vorher ne SMS gekriegt habe und da war es genau acht, auf die Minute. Gesessen bin ich da seit ungefähr halb sieben. Aber ich war nicht müde oder so.

I: Du bist auch nicht irgendwie eingeschlafen?

R: Nee, ich hab ja vorher noch die SMS gelesen und dann gleich auch geantwortet. Also nicht dass du denkst, ich hab das geträumt oder ich hab irgendwelche Müdigkeits-äh-Halluzinationen gehabt. Also ich sitz da über den Büchern und um mich rum ist alles ruhig und da spür ich plötzlich wie jemand seine Hand auf meine Schulter legt. Ich hab erst gedacht da ist einfach jemand, der mich kennt. Ne Freundin oder so. Ich bin auch gar nicht erschrocken. Aber dann dreh ich so den Kopf nach hinten und da ist niemand. Dann dreh ich den Kopf zur anderen Seite und da ist auch niemand. Ich hab erst gedacht, da macht jemand nen Scherz, so wie man jemanden antippt und dann ein Stück zur Seite geht damit der in die falsche Richtung schaut. Aber da war einfach niemand.

I: Ähm, vielleicht ist derjenige einfach schnell weggegangen.

R: Das geht so schnell nicht. Ich hab die Hand ja noch gespürt als ich mich umgedreht hab. Das war wie so eine richtig schwere Hand, richtig draufgelegt. Nicht nur angetippt.

I: Kannst du sagen, wie lange das gedauert hat, wie lang du was gespürt hast?

R: Die Hand selbst habe ich vielleicht eine Sekunde gespürt und bis ich in beide Richtungen geschaut hab, waren vielleicht zwei Sekunden rum. So schnell kann keiner abhauen. Man würde ja auch etwas hören wenn jemand wegrennt. Aber da wars absolut ruhig.

I: Was war dann danach, nachdem du dich umgedreht hast?

R: Also ich hab eben Angst bekommen. Ich war mir ja sicher dass ich mir das nicht eingebildet hab oder dass ich das irgendwie geträumt habe. Da hab ich gedacht „Entweder bist du jetzt komplett verrückt geworden oder da ist gerade was ganz Gruseliges passiert". Das war n ganz komisches Gefühl. Erst ist man noch erstaunt, dass da niemand ist und denkt so „Häh, was war das denn?". Und dann – zack – wie so n Blitz wird einem dann bewusst dass da gerade was ganz Unheimliches passiert ist und dass das eigentlich nicht sein kann. Und dann läuft es einem so richtig kalt den Rücken runter. Ich hab echt gezittert.

I: bist du dann aufgestanden oder sitzen geblieben?

R: Ich bin aufgestanden und hab mich umgeschaut. Aber da war absolut niemand. Nicht mal in der Nähe. Da war es totenstill.

I: Was hast du dann gemacht?

R: Also das Ganze war eben verdammt unheimlich. Ich hab so schnell wie es ging meine Sachen geschnappt und bin dann weg. Ich hab nicht mal den Computer runtergefahren sondern einfach zugeklappt. Ich war echt froh als ich wieder ein paar Leute gesehen hab. Die haben sich wahrscheinlich gedacht „Was ist denn mit der los“ als ich da langgelaufen bin. Ich wollt einfach schnell weg von dem Tisch da unten.

I: Warst du seitdem noch mal an der Stelle, also bei den Tischen dort unten?

R: Nö, war ich nicht. Eigentlich denkt man ja: Jetzt gehst du erst recht noch mal dort hin und überzeugst dich, dass da nichts passiert. So wie man ja sagt: Wenn man vom Pferd fällt, dann soll man gleich wieder aufsteigen sonst wird die Angst irgendwie ... äh ja, sonst verfestigt sich die Angst. Aber das war einfach viel zu real. Da kann ich nicht denken: Du hast dir da was eingebildet und jetzt beweist du dir, dass da nichts ist.

I: Ähm, vielleicht kannst du grad noch mal sagen, wie sich das angefühlt hat, also die Berührung an der Schulter.

R: Das war eigentlich genau wie wenn jemand dir die Hand auf die Schulter legt. Mehr kann ich dazu eigentlich nicht sagen. Ich machs mal vor.

[Susanne steht auf, geht um den Tisch herum und legt mir von hinten die Hand auf die rechte Schulter. Sie drückt dabei etwas zu. Dann setzt sie sich wieder.]

R: Das war auch nicht so ne leichte Berührung sondern schon mit einer bestimmten Schwere. Auch ein bisschen runtergedrückt. Ich hab ja auch gedacht, das ist jemand den ich kenne ... ähm und weil das so eine Schwere war, deshalb bin ich mir vielleicht auch so sicher dass das wirklich passiert ist. Wenn das nur so ein Hauch gewesen wäre dann könnt ich noch eher denken: Du hast dir da was eingebildet.

I: Also du bist dir auch absolut sicher mit der Berührung?

R: Absolut, da hat mich jemand angefasst.

I: War das das einzige Mal, dass du so was erlebt hast?

R: Ähm, wie meinst du das genau?

I: Also so was ... wie soll ich sagen? So was irgendwie nicht Erklärbares.

R: Ja, in dieser Form schon. So was hab ich davor und danach nicht erlebt. Sonst nur so Sachen, die jedem mal passieren. Mal ein Déjà-vu, also dass man denkt, man war hier schon mal oder irgendwas ist einem schon mal passiert. Aber das hat glaub ich jeder.

I: Und wie ging's dir danach, nachdem das passiert ist?

R: Meinst du jetzt direkt im Anschluss?

I: Ähm ... oder auch ein paar Tage später oder am Tag darauf.

R: Hmm, da...

I: Ich stell mir so vor, da ist einem vielleicht auch unheimlich zumute, also auch woanders, nicht unbedingt nur dort wo das passiert ist.

R: Das ging eigentlich. Gut, am Anfang macht man sich Gedanken: Was war das jetzt? Oder: Bin ich jetzt noch sicher? (lacht leicht) Aber ich hab woanders eigentlich keine große Angst gehabt. Du kennst ja das Stockwerk und da ist sowieso so ne gewisse Atmosphäre. Irgendwie dunkel und irgendwie aus der Welt. Und von daher hab ich da auch woanders eigentlich keine Angst gehabt.

I: Hast du auch von anderen irgendwie was gehört über die Ebene ... oder eben dass denen da unten schon was Komisches passiert ist?

R: Ach so, ja, das kommt noch dazu. Ich hab das ja nicht vielen erzählt, dass mir da unten so was Komisches passiert ist. Man will ja auch nicht dass die anderen denken „Die macht sich interessant und erfindet irgendwelche Geschichten". Aber einigen hab ich's doch erzählt und von denen haben auch n paar gesagt, dass die Ebene da unten komisch ist und dass dort unten auf S3 komische Sachen passieren ... aber die Einzige, die auch so was Konkretes wie ich erlebt hat, war eben Mara. Sonst hieß es nur so halb im Spaß „Ja, da spukts" oder „Da verschwinden Sachen."

I: Und woher wussten die anderen dann, dass es da

spukt oder dass Sachen verschwinden?

R: Das war einfach so Gerede. Aber eben nichts Konkretes. Na ja, und weil ich dann eben von den Anderen auch gehört hab, dass es da unten komisch ist, hab ich eben auch sonst keine Angst gehabt. Die Angst war dann mit dem Ort verbunden. Ich geh da unten nicht mehr hin und woanders passiert mir ja nichts.

I: Du warst gar nicht mehr da unten?

R: Doch, aber nur wenn Leute da waren. Abends und alleine ... nee. Und ich hab mich damals auch nicht mehr da unten hingesetzt. Mittlerweile schon, mittlerweile ginge das wieder ... wobei ich da unten nicht so viel zu tun habe. Also ... wie gesagt: Ich war jetzt nicht mehr direkt dort bei den Tischen, also an dem Platz, wo das passiert ist.

I: Aber es würde wieder...

R: Ja, es ist mittlerweile zwei Jahre her und ich könnte mich dort wieder hinsetzen. Man darf sich auch nicht einschüchtern lassen von Erfahrungen. Aber ich habe eben nichts zu tun dort unten.

I: Ok, das wars dann eigentlich ... oder fällt dir noch irgendwas...

R: Nö, das war ja das Einzige. Sonst ist ja nie was passiert.

I: Dann sag ich danke.

R: Kein Problem.

[Ende der Aufnahme]

Noch am gleichen Abend tippe ich das relativ kurze Interview ab. Susanne spricht sehr deutlich und so fällt mir die Arbeit leicht. Ich brauche nur rund zwei Stunden.

11. Nichts Besonderes

Dienstag, 11. März 2008: Um 18 Uhr gehe ich hinunter, direkt in den S3-Bereich. Leider konnte mir Susanne nicht genau beschreiben, wo sie saß, als sie die Berührung an ihrer Schulter spürte. Ich fragte sie nach dem Interview noch einmal danach. Sicher ist nur, dass die drei Frauen, mit denen ich mich unterhielt, nur wenige Meter voneinander entfernt saßen, alle an der gleichen langen Tischreihe. Ich setze mich also an einen Platz, der irgendwo „in der Mitte" liegt, klappe mein Notebook auf und arbeite an meiner Dissertation.

Bis kurz nach neun sitze ich dort, um diese Zeit ist es relativ ruhig und fast menschenleer. Ich höre, sehe, fühle und rieche nichts Ungewöhnliches. Es kommt mir etwas albern vor, dass ich in der Hoffnung auf eine übernatürliche Erfahrung, auf eine Begegnung mit irgendeinem unsichtbaren Wesen, hier unten sitze. Es gibt wirklich angenehmere Bereiche in der Bibliothek. Zwar hat man hier seine Ruhe, irgendwie aber fühle ich mich heute unwohl. Ich habe auch den Eindruck, dass es hier kälter ist als in anderen Teilen der Bibliothek. Ich lasse meine Jacke an.

Möglicherweise gehöre ich einfach dem falschen Geschlecht an, vielleicht erleben hier unten nur Frauen Ungewöhnliches. Der Typ, der mich nach einer

Aufwandsentschädigung fragte, hat sich nicht mehr gemeldet. Wahrscheinlich hätte er sich nur irgendwas ausgedacht, wollte nur das Geld kassieren. Gegen neun gehe ich nach Hause.

12. Doch ein Mann

Mittwoch, 12. März 2008: Gegen zehn Uhr vormittags ruft mich Tobias an. Er habe meinen Aushang gesehen und ich könne gerne auf ein Gespräch vorbeikommen. Es sei zwar schon ein paar Monate her, dass er in der Bib etwas Komisches erlebt habe, aber: „So was vergisst man nicht."

Tobias macht auf mich schon am Telefon einen offenen, freundlichen und unkomplizierten Eindruck. Wir vereinbaren, dass ich Donnerstag Abend zu ihm komme. Er gibt mir seine Adresse und seine Mobilnummer.

Ich bin froh, dass sich noch jemand gemeldet hat, diesmal sogar ein Mann. Langsam kommt mein kleines Projekt in Fahrt. Vielleicht finde ich ja tatsächlich etwas über die seltsamen Ereignisse auf S3 heraus.

13. Das Gespräch mit Tobias

Donnerstag, 13. März 2008: Um 19 Uhr bin ich bei der Adresse, die mir Tobias genannt hat. Ich klingle und nach ein paar Sekunden höre ich das Summen des Türöffners. Im Treppenhaus ruft jemand von oben, ich solle in den dritten Stock kommen.

Tobias lebt in einer kleinen Studentenwohnung, ist 27 Jahre alt und studiert Politik. Er wirkt locker, trägt Jogginghose, T-Shirt und Badelatschen. Seine Wohnung ist etwas unaufgeräumt, dabei aber nicht schmuddelig. In einer Ecke stehen mehrere Skateboards, denen man ansieht, dass sie auch benutzt werden. Und am Kühlschrank hängt ein Bild, das ihn mit einer großen Schramme unter dem rechten Auge zeigt. Verletzungen gehörten halt dazu beim Skateboarden, so Tobias, da sei man sogar stolz drauf.

Gerade hat Tobias Tee aufgesetzt, er bietet mir eine Tasse an. Aus klobigen alten Boxen dringt noch ältere Musik: „Beyond the sea" von Bobby Darin, die anderen Songs kenne ich nicht. Dieses „alte Zeug" höre er in letzter Zeit „rauf und runter".

Wir unterhalten uns beim Tee über unsere Studienfächer und darüber, wie ich dazu kam, nach Leuten zu suchen, die in der Bib etwas Seltsames erlebt haben. Tobias zeigt sich interessiert an meinem Projekt und ist einverstanden damit, dass ich unser Gespräch auf Band aufnehme. Ich bitte ihn, die Musik auszumachen. Klar, kein Problem.

[Beginn der Aufnahme]

I: Ok, wenn du vielleicht am Anfang einfach sagen würdest, wann und wo das war...

R: So ganz genau kann ich's nicht mehr sagen, irgendwann letztes Jahr September ... aber den genauen Tag weiß ich nicht mehr.

I: Du hast ja schon gesagt, dass dir was Komisches passiert ist. Ähm ... wo war das?

R: Aufm Klo (lacht).

I: Aufm Klo?

R: Ja, aber vielleicht erzähl ich die Sache mal von Anfang an (lacht).

I: Ja gern.

R: Du hast ja Leute gesucht, die in der Bib was Komisches erlebt haben ... oder was Unerklärliches. Und ich hab so was erlebt. Ähm ... wie gesagt letztes Jahr im Herbst ... ich hab da irgendwelche Prüfungen gehabt und war mitten in der Vorbereitung und da bin ich unten auf S3 gesessen. Is zwar nicht so schick da unten aber man findet immer nen Platz, da is nie besonders viel los.

I: Um welche Uhrzeit war das?

R: Irgendwann abends, vielleicht so um zehn.

I: ziemlich spät.

R: Ja klar, scheiss Prüfungsvorbereitung halt (lacht). Jedenfalls, ich war seit vielleicht 20 Uhr da und hab halt meine Bücher gehabt und bin die durchgegangen. Und ab und zu bin ich eben auch aufs Klo.
I: Sind da unten Klos, auf der Ebene?

R: Ja, in dem Gang wo man rüber geht in diesen anderen Buchbereich, weiß jetzt nicht wie er heisst. Da ist Philosophie und so.

I: Achso, ja klar.

R: Das Interview ist ja anonym oder?

I: Klar, wird alles geändert, dein Name taucht nirgendwo

auf.

R: Okay (lacht) jedenfalls wenn man so mehrere Stunden über den Büchern sitzt und sich langweilt, dann schweift man auch mal ab. Man merkt dann ähm ... man ist nicht mehr bei der Sache. Und bei mir wars so, mir war so langweilig, ich hab echt kein Bock mehr gehabt. Und da hab ich mir warme Gedanken gemacht (lacht) und irgendwann hab ich mir gesagt: „Jetzt gehst du mal aufs Klo und holst dir einen runter" (lacht) Dass mal n bisschen Abwechslung ist. Jetzt hältst du mich für pervers, oder?

I: Nee überhaupt nicht ... höchstens n bisschen.

R: (lacht) Ich hätt auch einfach sagen können: Ich war auf m Klo. Aber ich will das Ganze ja möglichst ehrlich erzählen. Und äh ...

I: Machen andere wahrscheinlich auch.

R: Bestimmt

I: Jedenfalls danke dass du ehrlich bist.
R: Gerne, ähm ... is ja anonym, und jedenfalls ... ich bin also los Richtung Klo, war auch kein Mensch da außer mir. Und im Klo dann eben in ne Kabine und zugemacht, vorher noch schön geschaut ob kein anderer da ist, ob die andere Kabine leer ist.

I Ähm, das sind ja so zwei nebeneinander, wenn ich's richtig weiß.

R: Genau, zwei Kabinen und an der Wand davor drei Pissoirs, ganz übersichtlich, ganz heimelig (lacht).

Jedenfalls geh ich in die Kabine, kein Mensch da außer mir. Und dann plötzlich...

I: Ähm, das war dann um 22 Uhr?

R: Genau, so ungefähr. Also ich bin gerade dabei und ... da hör ich plötzlich aus der anderen Kabine, also nebendran, so ein Klopfen. Als ob jemand gegen die Wand klopft.

I: Mehrmals oder...

R: Nein, nur einmal. Einmal geklopft. Und ich denk halt: Nee, da is niemand, das bildest du dir ein oder das war irgendein anderes Geräusch. Da laufen ja so Rohre an der Decke und ich hab dann gedacht, das kommt von so nem Rohr irgendwie. Ähm so Lüftungsrohre, was weiß ich. Und ich mach weiter und dann klopft es wieder an die Wand. Und jetzt bin ich mir sicher, dass das von drüben kommt, aus der anderen Kabine. Jetzt vergeht mir auch langsam die Lust und ich glaub (lacht) ich bin ganz ruhig dagestanden mit meinem Ding in der Hand und hab gelauscht ob da noch was kommt. Und das war ne ganz komische Situation. Einerseits denkt man: „Was n Vollpfosten da drüben" also dass sich da einer n Scherz macht. Aber auf der anderen Seite weiß man ja, dass da niemand war und dass auch niemand reingekommen ist. Das hätte ich ja gehört.

I: Was ist dann passiert?

R: Ja jedenfalls ich steh da und alles ist wieder ruhig, und plötzlich gibt es einen totalen Knall, einen ganz heftigen einzelnen Schlag, also wieder von drüben, als ob da jemand mit dem Kopf gegen die Wand rennt.

I: Also lauter als so n Klopfen.

R: Ja klar, viel lauter. Als ob jemand ein Loch in die Wand rammt, als ob jemand sich richtig dagegen schmeißt. Und das sind ja auch nur so dünne Sperrholzwände oder Plastik oder was das is und äh ... die hat auch richtig gezittert die Wand, ich dachte die kommt mir gleich entgegen. Da war richtig Kraft dahinter. Und dann war wieder totale Ruhe, also nur ein einziger heftiger Knall.

I: Und wie ging's dir in der Situation?

R: Ich hab total die Panik gekriegt, ich hab noch nie so Panik gehabt. Das war wie in nem Horrorfilm, das ist fast peinlich das zu erzählen. Und ich kann das ... ähm ... da war ja niemand, ich war ja ganz sicher, da ist keiner. Ich hab mich dann aufs Klo gesetzt ... so n bisschen weg von der Wand und dann nach oben geschaut. Ich hab echt gedacht: Jetzt kommt gleich so ein Maskierter mit nem langen Messer über die Wand geklettert. Und das hört sich jetzt vielleicht bescheuert an aber ich hab echt überlegt: Bin ich jetzt sicher wenn ich in der Kabine bleib oder soll ich die Tür aufmachen und rausrennen?

I: Kam dann noch was, irgendein Geräusch?

R: Nö, kein Geräusch. Absolute Stille. Ich sitz eben auf dem Klo und verhalte mich ganz ruhig und traue mich nicht rauszugehen aus der Kabine. Ich hab mich nicht mal getraut zu atmen. Und ich sitz da und versuch ruhiger zu werden und ... beruhige mich wieder n bisschen und denk aber immer noch „Was war jetzt das? Da stimmt doch was nicht" und ähm ... also ganz plötzlich hab ich das starke Gefühl, dass da was in meinem Rücken ist, dass da irgendwas oder irgendjemand hinter mir ist. Aber natürlich geht das nicht, ich sitz ja aufm Klo und da sind nur vielleicht 20 Zentimeter bis zur Wand. Da kann natürlich niemand hinter mir sein, das ist völlig bescheuert. Da sind ja nur die Fließen und die Wand. Aber ich hab das ganz starke Gefühl, ich bin mir absolut sicher: Da ist jemand hinter dir und du musst jetzt schnellstmöglich hier raus.

I: Bist du dann raus?

R: Ja, also ich stürz nach vorne und will den scheiß Riegel von der Tür zur Seite schieben und rutsch ab. Und da hab ich so ne Panik gekriegt, mir ist richtig kalt geworden, ich hab gezittert, das kann ich gar nicht so erklären ... als ob man in kaltes Wasser geschmissen wird. Aber ich nehm meine Beherrschung zusammen und krieg die Tür doch noch auf und schau mich gar nicht mehr um sondern stürz einfach nur nach draußen und an den Waschbecken vorbei und einfach raus, einfach raus. Und ... ja ...

I: Bist du dann richtig gerannt?

R: Ja, ich bin raus aus dem Klo und dann bin ich den Gang entlang gerannt. Ich hab immer noch gedacht: Da ist einer hinter dir, da kommt einer hinter dir her, der packt dich gleich. Und ich bin erst langsamer geworden als ich dann aus der Glastür raus bin, also die Tür die wieder in den Bereich geht, wo ich gesessen bin. Da stand dann auch ne Frau am Kopierer und da hab ich mich zusammengenommen.

I Ähm, hattest du überhaupt die Hose zu?

R: (lacht) das hätte die Sache natürlich komplett gemacht,

wie in „Nackte Kanone“ ,wenn ich da mit meinem Schwanz auf die Frau zugerannt wäre (lacht). Kennst du die Szene?

I: Ja, ich glaub.

R: Aber ähm die hatt ich zu gehabt die Hose, hab ich noch in der Klokabine zugemacht, nach dem zweiten Klopfen. Aber was ich noch sagen wollte: Ich hab echt ganz fest geglaubt, dass da jemand hinter mir ist, ich war echt überzeugt davon. Und als ich auf die Glastür zu bin hab ich gedacht: Was is jetzt wenn die nicht aufgeht? Dann bin ich hier gefangen. Oder ich hab auch überlegt: In welche Richtung geht die Tür auf? Muss ich mich jetzt dagegen werfen oder muss ich ziehen? Hab dann aber Gott sei dank das Drücken-Schild gesehen. Das ist völlig wahnsinnig, was man sich für Gedanken macht, wenn man so in Panik ist. Da geht einem so schnell alles Mögliche durch den Kopf.

I: Was hast du dann gemacht?

R: Ich hab meine Sachen geholt und bin abgehauen, aber schnellstmöglich.

I: Du bist dann nach oben in die Bib?

R: Ja, nach oben und dann gleich raus.

I: Da hast du aber dann kein komisches Gefühl mehr gehabt?

R: Nee, oben nicht mehr. Natürlich schon komisch weil das eben passiert war ... aber nicht mehr irgendwie bedrohlich.

I: Ähm, du hat gesagt, du hast so richtig Panik gehabt...

R Ja...

I: Ähm, so platt gefragt: Warum? Man hätte ja auch meinen können: Da macht sich einfach einer nen blöden Scherz und haut halt gegen die Wand.

R: Ja klar, das hab ich am Anfang ja auch gemeint, also bei dem Klopfen. Aber dann hab ich halt auch gleich gewusst: Da ist keiner, da kann keiner sein. Und das ist dann schon komisch. Ich bin eigentlich auch nicht so der ängstliche Typ ... ja gut, ich such nicht die Gefahr aber ... eben auch nicht besonders ängstlich und ähm ... wenn die Kabine nebendran zu gewesen wäre und da wäre jemand drin gewesen, dann hätt ich halt zurück geklopft. Aber ich bin mir sicher: Da war niemand. Kein Mensch. Die stand ja offen als ich rein bin. Und dann eben dieses richtig heftige Klo- äh dieser Knall. Das war nicht nur als wenn jemand gegen die Wand schlägt. Das war als würde jemand mit seinem ganzen Körper dagegen hm ... sich werfen.

I Trägt vielleicht auch die Atmosphäre in den Toiletten dazu bei, also das Halbdunkel und dass da niemand ist.

R: Ich war da ja nicht zum ersten mal aufm Klo und mir war nie unheimlich. Also eigentlich eher nein. Oder eigentlich ganz klares Nein. Das war wirklich das, was passiert ist. Und dann eben dieses ganz sichere, ganz intensive Gefühl: Da ist irgendwas in deinem Rücken, da kommt gleich was von hinten. Klar, da kann man sagen: Du hattest Angst nach dieser komischen Erfahrung, das hast du dir irgendwie eingebildet. Aber das Klopfen und der Knall, das war auf jeden Fall echt. Ich war auch nicht unter Drogen oder im Halbschlaf. Nicht, dass du so was denkst.

I: Nee klar.

R: Ich bin auch kein Spinner, der irgendwie an Geister und an so was glaubt und dann für so was empfänglich ist. Ich hab das echt erlebt.

I: Noch mal so platt gefragt: Wie würdest du das nennen? War das ein Geist? Oder irgendwas Übersinnliches? Oder wie kann man das...

R: Also ich will- und ich kann das natürlich nicht irgendwie in nen Begriff fassen. Klar, ich könnt jetzt sagen das hat da unten gespukt oder so. Aber das klingt dann irgendwie ... ja, irgendwie blöd. Als wär da n Gespenst durch die Luft geschwebt. Aber ich hab gerade versucht, das einfach so zu erzählen wies passiert ist. Ich kann nur sagen dass da irgendwas war, ohne dem n Namen zu geben. Du kannst das natürlich gerne Spuk oder so was nennen. Irgendwas, das da war ... aber eben nicht sichtbar.

I: War das dein einziges Erlebnis in der Art?

R: Meinst du in der Bib?

I: Ja, aber auch generell.

R: Ja, das einzige. Mir ist vorher und nachher so was nicht passiert, weder in der Bib noch sonstwo. Wie gesagt: Ich bin auch nicht der Typ, der an so was glaubt ... eigentlich.

Also eher hm ... rational.

I: Und hat sich jetzt was verändert an der Rationalität?

R: (lacht) komischerweise eher nicht. Ich verbuch das so als Ausnahme, die die Regel bestätigt. Eigentlich ist alles irgendwie nachvollziehbar, was so passiert. Und dann gibts halt mal was, das man nicht erklären kann und deshalb ist man dann auch so erschrocken. Ähm, wenn mir jetzt so was öfter passieren würde, dann würd sich sicher auch meine Einstellung ändern.

I: Gehst du noch in den Bereich da unten ... oder dort aufs Klo?

R: (lacht) Tja, jetzt hast du mich. Ich geh da nicht mehr hin. Ich geh zwar in den Buchbereich wenn ich was brauch aber ich setz mich nicht da hin. Ich hol mir das Buch und hau ab. Und auf das Klo da unten geh ich schon drei mal nicht. Hat sich doch was verändert bei meiner Einstellung (lacht).

I: Aber jetzt eher bezogen auf den Bereich?

R: Ja, auf den Bereich und eben speziell auf das Klo. Ich hab auch schon gehört, dass der Bereich dort komisch sein soll, aber mir ist ja nur was aufm Klo passiert. Also vor S3 hab ich eigentlich keine Angst. Ähm ... ich muss dort nicht sein ... aber eben auch nicht direkt Angst. Und es ist auch nicht so, dass ich jetzt zuhause nicht mehr schlafen kann oder dass ich keine grusligen Filme mehr schauen kann weil ich dann denk: So was gibt's ja wirklich, so was kann auch in der Realität passieren ... Aber klar, man macht sich schon Gedanken. Was war das jetzt? Was wollte der ... ich sag mal „der“ dazu, was wollte der da unten von mir? Wollte der mir Angst machen? Oder was wär passiert wenn ich da einfach sitzen geblieben wäre?

I: Ähm, ich wollt noch fragen, versucht man nicht doch, so was irgendwie zu rationalisieren, dass man zum Beispiel denkt: Da hat sich doch jemand einen Spaß gemacht und ich hab bloß irgendwie überhört dass jemand reingekommen ist.

R: Wie gesagt, ich hab ja drüber nachgedacht und komm immer nur zum Ergebnis dass da was wirklich Seltsames passiert ist, was ich eben nicht erklären kann. Also ich bin mir sicher, dass da niemand war und ich bin mir auch sicher, dass keiner reingekommen ist. Und das Klopfen und der Aufprall das kam von drüben, aus der Kabine nebendran. Da war kein Mensch, niemand, absolut sicher.

I: Im Grunde könnte das Klopfen ja auch aus deiner Kabine gekommen sein. Also jetzt ähm ... wenn man mal davon ausgeht, dass da irgendein unsichtbares Wesen war.

R: Ja gut, äh ... so hab ich das eigentlich nicht ... also so vom Geräusch her würde ich schon eher sagen: Von der anderen Seite. Aber jetzt wo du das sagst ... klar, das war eben ein Schlag an diese Zwischenwand und ähm ... von welcher Seite hm...

I: Du meintest ja auch, dass dann irgendjemand hinter dir war, also bei dir in der Kabine.

R: Ja ähm ... aber das war dann nach dem Klopfen und nach dem Knall. Vorher hatte ich ja nicht das Gefühl, dass jemand bei mir ist, also in meiner Nähe. Und deshalb würde ich auch eher sagen: Das kam aus der anderen Kabine.

I: Könntest du das Gefühl nochmal beschreiben, dieses Gefühl, dass da jemand bei dir ist, also in deiner Nähe?

R: Das war eben ein ganz starkes, ganz intensives Gefühl, richtig eine Sicherheit: Da ist irgendwas oder irgendwer hinter dir und du musst jetzt hier weg sonst springt der dich gleich an. So was hab ich noch nie erlebt, das kann ich gar nicht beschreiben. Und wie gesagt: Hinter mir war nur die Wand, da konnte ja niemand sein. Und trotzdem war da irgendwas. Mehr kann ich auch nicht sagen ... und ja, vielleicht noch zu meiner Reaktion: Ich bin ja wie gesagt eigentlich niemand, der irgendwie in Panik wegläuft ... aber in der Situation ... das war eben nicht nur irgendwie unheimlich. Da sagt dir so dein ganzer Körper und dein ganzer Verstand dass du weg musst und dass irgendwas oberfaul ist. Und so einen ähm Fluchtdrang, so eine Angst, das kannte ich überhaupt nicht. Das hat man vielleicht als Soldat im Krieg oder in irgendwelchen ganz bedrohlichen Situationen aber im normalen Leben ... nee. Auch nicht mit m Skateboard, also wenn man merkt, jetzt fliegt man gleich auf die Fresse, auch dann nicht. Und dass ich so extrem reagiert hab und mich auch gar nicht mehr unter Kontrolle hatte, das sagt mir eben auch, dass das ne ganz ungewöhnliche Situation war.

I: Was denkst du, wär passiert wenn du dort sitzen geblieben wärst?

R: Das weiß ich nicht, das weiß ich natürlich nicht. Aber ich mein schon dass da eine konkrete Bedrohung da war ... ich hab das zumindest so empfunden und ... ja, ich denk schon, da hätte irgendwie eine Art körperliche Attacke stattfinden können. Also dass ich wirklich angegangen werde. Wenn irgendwas so gegen die Wand hauen kann, dann kann's mich auch umhauen. Aber was genau passiert wäre, das weiß ich natürlich nicht.

I: Okay, danke, das wars dann eigentlich schon. Oder gibt's noch irgendwas, was ähm dazugehört, was du noch sagen willst?

R: Vielleicht nur, dass ich das gut finde dass du dich mit dieser Sache beschäftigst. Ich hab ja auch schon gehört, dass andere da auch komische Erfahrungen gemacht haben, in diesem Stockwerk. Und von daher find ichs gut dass da mal jemand sagt: Das muss nicht alles Quatsch sein und ich frag mal ein paar Leute, was die zu sagen haben. Schreibst du da eigentlich ne Arbeit drüber?

I: Nee, das ist im Moment noch mehr persönliches Interesse. Aber vielleicht entsteht was draus, wenn sich noch ein paar Leute melden. Wäre auf jeden Fall interessant.

R: Glaub ich auch, sag Bescheid wenn du irgendwas hast.

I: Klar mach ich ... okay, das wars dann eigentlich.

R: Gut...

[Ende der Aufnahme]

14. Nichts Besonderes und „Horst"

Samstag, 22. März 2008: Seit über einer Woche hat sich niemand mehr gemeldet. Ich sollte mal nachsehen, ob meine Zettel noch hängen. So weit ich weiß, werden sie an bestimmten Tagen entfernt. Wenn die nächsten Tage niemand anruft, dann drucke ich Neue aus.

Einen Tag nach dem Gespräch mit Tobias habe ich mir die Klokabine angesehen, in der ihm das passiert ist, was er mir erzählte. Ich muss gestehen, dass mir unheimlich zumute war, als ich die Kabine betrat. Ich schloss ab und setzte mich auf die Toilette. Das Einzige, was ich hörte, war das Rauschen der Lüftung. Ich klopfte ein paar Mal an die Wand zwischen den Kabinen, einfach um zu hören, welches Geräusch dabei entsteht. Dann saß ich einige Minuten da und verhielt mich ruhig. Es passierte absolut nichts, niemand klopfte zurück. Und darüber war ich ehrlich gesagt ganz froh.

Ich glaube nicht, dass Tobias jemand ist, der sich solch eine Geschichte ausdenkt. Er machte auf mich einen netten, umgänglichen Eindruck, scheint niemand zu sein, der gerne Leute „verarscht". Ich kann seine Geschichte nicht einfach für wahr nehmen, aber ich tue sie auch nicht als Einbildung oder Lügenmärchen ab.

Seit meinem Gespräch mit Tobias habe ich an drei Tagen jeweils mehrere Stunden auf S3 gearbeitet, immer Abends. Nie habe ich etwas Ungewöhnliches bemerkt. Einmal flackerte gegen 22 Uhr kurz das Licht, aber das hat wohl nichts zu bedeuten.

Kurz nach 23 Uhr klingelt mein Telefon, ich bin noch wach. Am anderen Ende ist irgendein Typ, der sich mit „Horst" meldet. Im Hintergrund scheint eine Party zu laufen, ich höre Musik und Stimmengewirr. Ja, er hätte etwas ganz Unheimliches erlebt und würde mir das gerne erzählen. Er müsse einfach mit jemandem darüber reden, so „Horst". Während er das sagt, kann er sich kaum das Lachen verkneifen und im Hintergrund machen irgendwelche Leute „Gespenster-Geräusche": Buuuuuh und Woaaaahahahaha. Ich sage „Fick dich, Horst" und lege auf. Einige Sekunden später klingelt das Telefon noch einmal. Ich ziehe den Stecker raus und mache den Fernseher an.

Wie heißt es so schön: Die Mutter der Idioten ist immer schwanger. Zumindest kann ich davon ausgehen, dass meine Zettel noch hängen.

15. Eine Mail von Achim

Sonntag, 22. März 2008: Ich hatte ganz vergessen, dass auf meinen Aushängen auch meine E-Mail-Adresse steht. Bisher hatte ich ja nur Anrufe. Heute morgen aber war in meinem Postfach eine Mail von einem gewissen Achim. Er habe sich von meinem Flugblatt angesprochen gefühlt und ich könne ihn ja mal anrufen. Er schreibt mir seine Mobil-Nummer.

Beim zweiten Versuch habe ich Achim dran. Nein, er könne gerade nicht, er müsse gleich was aus dem Ofen holen. Ich denke schon: Das wars, der will nicht mehr. Nach dem Scherzanruf gestern abend bin ich immer noch etwas genervt. Aber etwa eine halbe Stunde später ruft mich Achim selbst zurück und entschuldigt sich dafür, dass er mich gerade so „abgewimmelt" habe. Klar, kein Problem, natürlich würde er bei einem Interview mitmachen. Allerdings habe er erst wieder ab Mittwoch Zeit.

16. Achims Erlebnis

Mittwoch, 26. März 2008: Wir haben uns für 16 Uhr an der Uni verabredet, am Eingang zur Mensa. Ich bin ein paar Minuten zu spät aber passenderweise verspätet sich auch Achim. Nachdem wir uns gefunden haben, suchen wir einen leeren Raum, in dem wir uns ungestört unterhalten können.

Achim ist 28 Jahre alt und studiert im siebten Semester Biologie. Zuvor absolvierte er eine Ausbildung zum Chemielaboranten. Möglicherweise sprechen jetzt die Vorurteile aus mir, aber Achim wirkt nicht so, wie ich mir einen Biologiestudenten und Chemielaboranten vorstelle. Er ist groß und sportlich, eher der Surfer-Typ. Er hat nichts „nerdiges" an sich.

[Beginn der Aufnahme]

I: Ok, wenn du einfach mal erzählen würdest.

R: Soll ich direkt über das Erlebnis...?

I: Wie du willst.
R: Ok, dann nehm ich n bisschen Anlauf (lacht) ... ich hab ja 2005 angefangen zu studieren und dann kamen ja auch bald diese scheiß Studiengebühren. Und heute ist es halt so, wenn Papi nicht gerade Steuerberater oder Chefarzt ist, dann muss man halt nebenher arbeiten. Ich hab n Job gesucht und weil ich mich ganz gut auskenn mit Computer hab ich beim Rechenzentrum nachgefragt, ob die jemand für irgendwas brauchen ...das wird zu lang oder?

I Nee, is schon ok.

R: Aber du musst das nachher alles aufschreiben.

I: Kein Problem, ich hab Übung.

R: Okay, das musst du wissen. (lacht) Also ich hab n Job gesucht und dann hab ich das in der Bib bekommen. Die vom Rechenzentrum haben das vermittelt. Und ähm ... in der Bib stehen ja was weiß ich hundert Computer rum und die müssen eben gewartet werden oder gehen mal kaputt. Und ich war so der Erste Hilfe-Mann, ich bin dann hin, wenn einer den Geist aufgegeben hat und oft war nur irgendein Kabel locker oder abgeknickt ... also ich hab das so drei Monate gemacht und ähm, worum es eigentlich geht ... ich bin eben zu einem Computer und ähm...

I: Wann war das dann, also...

R: Das war im November 2006.

I: Und welche Uhrzeit?

R: So gegen sechs, zwischen sechs und sieben. Tag weiß ich auch noch: Freitag.

I: Okay du bist dann zu nem Computer ... wo stand der?

R: Du kennst doch diese Treppe, wie so ne Wendeltreppe, immer im Kreis rum. Und da, auf den Stockwerken, stehen mehrere Computer, also auch so um die Treppe rum.

I: Ach so, dann war das gar nicht auf S3, das war dann dort wo Philosophie und so was ist.

R: Genau, S3 ist in der Nähe, also wenn man diesen Flur durchgeht wo die Klos sind. Also gleiches Stockwerk, nur n Stück weiter und dann die Treppe hoch. Und ... wie gesagt, ich hab mich um die Computer gekümmert und an dem Abend kam eben von der Chefin: Geh mal da hin, da spinnt einer von den Computern. Und ich geh da hin und mach halt mal alle Computer an, so reihum. Und dann seh ich auch gleich, der eine geht an ... da kommt was auf n Schirm, und geht dann gleich wieder aus. Die anderen sind okay. Super ... Patient schon gefunden. Und jedenfalls, ich wackel erst mal n bisschen an den Kabeln rum, zieh auch mal das Kabel vom Monitor raus und stecks wieder rein und voilà, da geht er wieder. Okay, denk ich, gut gemacht. Kabel war irgendwie nicht richtig drin. Und ich will schon los, da geht er wieder aus, also nicht der Computer sondern der Monitor wird schwarz. Ich also noch mal die Kabel alle überprüft und die Kabel vom Monitor noch mal raus und rein und da geht er wieder...

I: Ähm, also der Monitor ? Der Computer lief die ganze Zeit wenn ich's richtig verstehe?
R: Ähm ja, der lief. Da war auf jeden Fall Lüftergeräusch und äh ich glaub auch Lampe an.. Und wie gesagt: Man sieht wieder was auf m Monitor und ich will schon wieder los und geh auch schon weg und ähm, da hör ich von hinten so ein Piepsen ... vom Computer, und dreh mich um und da is er schon wieder aus. Langsam bin ich auch schon genervt und will wieder hin und da, ich lauf gerade wieder drauf zu, geht er wieder an. Ich denk schon: Häh, was soll das? Das gibt's doch nicht.

I: Du hast n Schritt drauf zu gemacht und da geht er wieder an?

R: Genau, und das ging dann ein paar Mal so. Ich geh weg und man hört ein Piepsen und das Ding geht aus. Ich geh auf das Scheißding zu und plötzlich ist wieder was auf m Bildschirm. Und ich denk: Das gibt's doch nicht, das ist einfach nicht möglich. Und das Ding ist ja nicht vernetzt oder äh ... nur eingeschränkt, da ist ja nur der Katalog von der Bib drauf und vielleicht noch n Schreibprogramm und da kommt ja keiner rein, das ist ja geschützt und da kann eigentlich auch keiner dran rumpfuschen, also irgendwie manipulieren. Aber trotzdem hab ich irgendwann gedacht: Da machen sich welche n Scherz, da ist irgendwo ne Kamera und die filmen das, wie ich mich zum Affen mache, und morgen steht das im Internet.

I: Aber du hast niemand...

R: Nö, da war niemand, kein Mensch. Ich war da absolut allein, ganz sicher. Und ich hab mich echt umgeschaut.

I: Und was war dann?

R: Ähm, wie gesagt: Das Ding geht an und aus und irgendwann denk ich: Das ist vielleicht doch n Wackler und das ist einfach n komischer Zufall, dass das immer an und aus geht wenn du drauf zuläufst. Oder vielleicht ist das schon irgendwie die Erschütterung, die du mit deinen Schritten machst. Vielleicht reicht das schon ... ähm ... und ja, ich beug mich über den Monitor weil ich noch mal die ganzen Kabel überprüfen will und auf einmal, als ich mich rüberbeuge, da kommt ganz plötzlich ein richtig heftiges Pfeifen aus den Lautsprechern ... die waren dann auch hinüber ... und ich bin rückwärts über den Stuhl gefallen, der da steht, so brutal laut war das. Ich hab mich richtig lang hingelegt, bin wie äh ... also so richtig auf m Rücken gelegen. Und als ich da gelegen bin, da hab ich so was wie ein tiefes Atmen gehört, wie ein ganz tiefes Ein- und Ausatmen. Das kam von oben, als ob jemand über mir steht und auf mich runterschaut. Aber da war niemand. Ich bin dann gleich weg, so rückwärts weggekrabbelt und mit dem Rücken an so ein Buchregal dran. Das war verdammt unheimlich. Das war auch nicht wie von nem Menschen. Also zuerst wars wie von nem Menschen. Das waren drei Atemzüge. Erst wie von nem Menschen und dann zuletzt war das ein richtig tiefes Atmen. Das war so ein richtig tiefes Atmen, wie von nem Stier oder so ... keine Ahnung, irgendwas größeres ... wie irgendein großes Tier. Und ich hab echt gedacht, da stürzt sich gleich was auf mich, da packt mich gleich was.

I: Aber du hast nichts gespürt ... dass dich was angefasst hat...

R: Nö, das zum Glück nicht. Aber ich habs eben gehört. Da war was und äh, das war ja auch ein lautes Atmen. Ich hab das ja gehört obwohl ich von diesem echt heftigen Ton, der da vom Computer kam, noch irgendwie schwerhörig war. Ich hatte auch so ne Taubheit nachher.

I: Könntest du den Ton beschreiben der da aus dem Lautsprecher kam?

R: Ich kann das gar nicht ähm ... oder nur schwer beschreiben. Das war wie von ner Trillerpfeife aber ohne das Trillern, so ein ganz gleichförmiger Ton. Der hat auch nicht irgendwie angefangen und ist dann stärker geworden, der ist nicht so angestiegen, der war einfach da und war dann wieder weg. So nach vielleicht zwei Sekunden. Hat verdammt weh getan. Ich hatte die ganze

Nacht dieses Pfeifen im Ohr. Hab schon gedacht, mir wär das Trommelfell gerissen. Am nächsten Tag ging's dann wieder. Erst wollte ich zum HNO-Arzt aber ich hab's dann gelassen.

I: Also ein sehr lauter Ton.

R: Ja, extrem lauf. Ein extrem lauter, hoher Ton.

I: Ähm du meintest, die Boxen waren kaputt.

R: Ja, die Lautsprecher, die Dinger waren im Arsch, die ham nur noch gescheppert. Das waren so kleine Plastikboxen, die ham das natürlich nicht ausgehalten. Ich weiß auch gar nicht, warum die an dem Computer dran waren, die meisten Computer sind da ja ohne Lautsprecher, da muss ja Ruhe sein. Und äh ... ich hab die mit nach Hause genommen, am nächsten Tag, hab die hinten rausgerissen einfach. Hab die Dinger dann weggeschmissen.

I: Was denkst du, was war das mit dem Computer und mit dem Atmen?

R: Keine Ahnung ... ich kann jetzt da kein Wort dafür finden. Aber ich denke schon dass da irgendwas war, irgendwas ... ich will fast sagen: was Böses oder was Fieses. Man kann jetzt natürlich irgendwie „Poltergeist" oder so sagen aber das ist halt n Wort aus nem Film ... nö, ich will das nicht irgendwie nennen. Aber da war schon was.

I: Glaubst du grundsätzlich an irgendwas Übersinnliches?

R: Nö, (lacht) bis auf diese Geschichte eigentlich nicht. Ich bin auch gar nicht so erzogen worden, religiös oder so. Meine Mutter glaubt an so was, die hat's mit dem Räuchern, die geht durchs Haus um irgendwelche negativen Energien raus- äh auszuräuchern. Die glaubt da fest dran, das ist so ne Art Religion für sie. Die anderen beten halt dass alles gut wird und sie macht's mit dem Räuchern. Aber da haben wir immer nur drüber gelacht ... das einzige woran ich glaube ist diese Karma ... äh Idee, dass sich alles irgendwie ausgleicht.

I: Wie meinst du „ausgleicht"?

R: Weil ich das schon erlebt hab immer wieder. Zum Beispiel hab ich vor ein paar Monaten nen richtig guten Job gehabt bei ner Umzugsfirma. Richtig Kohle und so. Da war nichts mehr mit Vorglühen wenn man weggegangen ist. Da hat man direkt die dicken Cocktails bestellt und nachher noch n Taxi kommen lassen. Und wie ich da so überheblich geworden bin, dann war der Job auch plötzlich wieder weg, das hat sich ausgeglichen. Wenn man überheblich wird, dann kriegt man wieder nen Dämpfer. Aber andersrum geht's auch: Wenn's grade richtig scheiße läuft, dann tut sich irgendwas auf. Oft gleicht sich das aus. Klingt jetzt albern, oder?

I: Nö ... ähm, hast du jetzt mehr Verständnis für deine Mutter?

R: hm...

I: Also was das Räuchern angeht? Du meintest ja, sie will irgendwie „negative Energie" loswerden und äh, jetzt wo du ne Erfahrung mit so was Negativem gemacht

hast...

R: Gut, ich denk schon dass man das irgendwie vergleichen kann. Irgendwie schon. Man kann ja auch nicht die Arroganz haben und einfach sagen: Da ist nichts, das ist alles Quatsch. Die meisten Leute auf der Welt, die glauben ja an irgendwas, egal ob das jetzt Gott oder Jesus heißt oder irgendwelche Voodoo-Geister ... und wieso soll jetzt gerade ich recht haben, wo ich immer gesagt hab: Das gibt's alles nicht. Und jetzt wo ich das mit dem Computer und dem Atemgeräusch erlebt habe, da hat sich schon was ... verrückt in meinem Welt- äh ... in meinen Ansichten. Ich glaube wirklich da war irgendwas, irgendwas ... ja, wie soll ich sagen, irgendwas was auf mich reagiert hat und mich auch angegriffen hat, irgendwas Negatives oder auch, ja Böses. Also das war echt erschreckend, das will ich nicht noch mal erleben.

I: Du hast vorhin gesagt, dass irgendein Student gemeldet hat, dass der Computer nicht geht. Weißt du, was da war? Hat der vielleicht was Ähnliches erlebt?

R: Nöö, das weiß ich nicht. Ich hab auch gar nicht selbst mit dem gesprochen ... kann übrigens auch ne Studentin gewesen sein, weiß ich auch nicht. Wenn mal einer der Computer nicht geht, dann merken das die Zuständigen oder es meldet sich früher oder später jemand an der Info und sagt Bescheid. Und damals, dann wurde das halt an mich weitergegeben. Und meine Chefin hat auch nur gesagt, dass der Computer irgend ne Macke hat ... mehr war da nicht.

I: Warst du später noch mal an dem Computer?

R: (lacht) nö, da hab ich mich dann schön fern gehalten. Man soll's ja auch nicht herausfordern. Ich hab da echt n Bogen drum gemacht, wenn ich vorbei bin hab ich sogar woanders hingeschaut. Nur die Boxen hab ich eben noch geholt. Aber da saßen Leute um mich rum, alleine wär ich da nicht hin. Ich hab die dann bei nem Kumpel in ner WG angeschlossen. Ich wollte die nicht mit nach Hause nehmen. (lacht)

I: Du meintest vorhin, du hast sie mit nach Hause genommen.

R: Nee, hab ich nicht. War n Versprecher. Tja, war halt doch unheimlich das Ganze. Nicht dass ich mich hinlege und da kommt nachts noch mal so n Ton (lacht). Das Beschissene ist ja: Wenn man so was erlebt hat, dann glaubt man auch zuhause, jetzt kommt gleich so ein Atmen oder jetzt geht gleich der Computer von alleine an. Ich hab die ersten Nächte echt schlecht geschlafen. Da will man auch keine Sachen bei sich zuhause haben, die irgendwie mit dem Erlebnis zu tun haben, das man gehabt hat.

I: Ja klar.

R: Wie gesagt: Ich hab echt schlecht geschlafen die ersten Nächte, das war nicht so ohne.

I: Aber mittlerweile...

R: Ja klar, mittlerweile geht es wieder. Das ist jetzt schon ein paar Jahre her. Keine bleibenden Schäden (lacht).

I: Hast du irgendwas gerochen als das passiert ist?

R: Wie meinst du gerochen?

I: Mir hat ne andere Frau, der auch was Komisches passiert ist, erzählt dass es irgendwie verbrannt gerochen hat.

R: Nö, da hab ich nichts gemerkt, da ist mir nichts aufgefallen. Lass mich mal überlegen ... [etwa 7 Sekunden Pause] nö, nicht dass ich wüsste.

I: Und das war das einzige Mal, dass dir so was passiert ist, so ein Erlebnis?

R: Ja, das war das einzige Mal. Und ich hoffe es bleibt dabei.

I: Weißt du, was mit dem Computer ist?

R: Ich denke der geht jetzt. Aber nicht dank mir (lacht). Vielleicht ist er auch schon ersetzt, war ja schon vor ein paar Jahren.

I: Was hast du dann deiner Chefin gesagt? Dass der Computer nicht geht?

R: Ja, so was in der Art. Dass der Monitor getauscht werden muss oder dass da irgendein Wackler drin ist und ich's eben nicht hinbekommen hab. Ich hab also nicht erzählt was mir passiert ist. Nee, da steh ich ja als Spinner da. Ähm, wahrscheinlich war ja überhaupt nichts am Computer, nichts Technisches. Das war ja was Anderes.

I: Ich wollte so zur Sicherheit noch mal fragen: Du hast nichts gesehen, gerochen oder irgendwie gespürt? Da

war nur dieses Atmen?

R: Genau, nur dieses Atmen. Also hörbar.

I: Könntest du das genauer beschreiben?

R: Äh ja, was die Richtung angeht: Ich bin ja auf m Boden gelegen weil ich eben über den scheiß Stuhl gefallen bin und das war dann so ... äh wie gesagt, als ob einer so schräg über einem steht. Das kam also von oben. Und ja, das war ein dunkles, schweres Atmen, wie von nem großen Tier. Am Anfang nicht so dunkel, aber dann dunkler und schwerer geworden.

I: War das langsam oder eher schnell?

R: Eher langsam und gleichmäßig, aber irgendwie auch aggressiv. So n bisschen: Ich kann dich ganz leicht fertig machen.

I: Und du bist dann weg?

R: Ja, ich bin so rückwärts auf m Boden, wie so ne Spinne, nach hinten gekrabbelt und bin dann an eins von den Bücherregalen gestoßen. Und da bin ich dann aufgestanden und dann eben weggegangen.

I: Also nicht gerannt?

R: Nö, eigentlich nicht. Schon schnell und schon mit ner Angst im Rücken ... aber nicht gerannt.

I: Das wundert mich, weil du hast ja so erzählt, du bist rückwärts weg gekrabbelt. Und das klingt ja schon nach

Panik.

R: Ähm, ja. Also ich bin auch schnell weggegangen, ich hab schon geschaut dass ich weg komme. Aber ich hab ja nichts mehr gehört, das Atmen war ja weg. Und ich hab auch nicht gedacht: Da verfolgt dich irgendwas. Das war eher so: Okay, ich tret den Rückzug an, ich geh weg, du hast gewonnen. Also auch dieses Atmen, dieses schwere Atmen. Ich hab das n bisschen so aufgefasst wie n Hund, der einen anknurrt. So nach dem Motto: Jetzt hau ab, du bist hier nicht erwünscht. Dann tu ich dir auch nichts.

I: Aber das mit dem Monitor ein und aus, das klingt ja schon so als wollte der ... oder, wie soll ich sagen? Als wollte dieses Wesen irgendwie mit dir spielen.

R: Ja, das kann man so sehen. Aber nachdem dieser Ton war und dieses Atmen, da hab ich das so verstanden wie „Mach dass du weg kommst, geh in die andere Richtung". Vielleicht kann man sich das so vorstellen wie bei ner Schlägerei. Der eine schlägt den anderen zu Boden und dann steht er so über ihm und atmet tief ein und aus und schaut ihn noch böse an. Und damit signalisiert er so: Du hast verloren, zieh Leine und mach keinen Scheiß.

I: Und dieser heftige Ton aus den Lautsprechern, das war dann so was wie der Niederschlag?

R: Ja, so kann man das sagen.

I: Aber du meintest vorhin, du hattest auch zu Hause noch n bisschen Angst. Also man könnte ja meinen: Wenn man sich dann von dem Ort fernhält, dann hat man nichts zu befürchten.

R: Äh ja, okay, so eindeutig sind die Überlegungen halt nicht. Klar, ich hab das alles schon mit dem Ort äh ... assoziiert. Aber trotzdem hat man zu Hause auch n bisschen n ungutes Gefühl. Ich hab auch so gedacht ... das hört sich jetzt vielleicht komisch an ... vielleicht kriegst du jetzt auch Ärger weil du am nächsten Tag die Boxen mitgenommen hast, vielleicht weil du dich eben doch nicht ferngehalten hast.

I: Wieso hast du die eigentlich dann geholt?

R: Weil ich mir auch selbst beweisen wollte, dass ich das erlebt hab und dass ich mir da nicht was einbilde. Und ja, die Boxen waren komplett hinüber von dem lauten Ton, für den die nicht geeignet waren. Ich hab mir das schon gedacht und so war das dann auch. Also die haben nur noch gescheppert und äh ... das war eben ganz eindeutig von diesem extrem lauten Ton.

I: Hast du die Boxen noch?

R: Nee, die sind weggeschmissen.

I: Ähm, du meintest vorhin, du gehst da nicht mehr gerne hin, also an die Stelle wo das passiert ist. Man könnte ja auch sagen: Jetzt erst recht, jetzt beweis ich mir dass ich keine Angst hab und setz mich da mal hin.

R: Ja, könnte man. Aber es ist ja keine ... wie sag ich's? ... keine irrationale Angst. Ich hab ja fast n Hörschaden bekommen und ich bin mir auch sicher, dass da irgendwas war, was auch bedrohlich war. Und von daher könnte man auch sagen: Es ist nur vernünftig wenn ich da eher weg bleibe. Wieso soll ich irgendwo hin, wo es für mich gefährlich ist und wo mir schon mal was passiert ist? Vielleicht hör ich ja auch seitdem schlechter, vielleicht ist ja auch wirklich was geblieben. Ich hatte ja wirklich so ein Taubheitsgefühl, noch am nächsten Tag.

I: Klar, so gesehen.

R: Aber es ist jetzt auch nicht so, dass ich mich da panisch fernhalte. Ich bin da seitdem schon n paar mal durchgelaufen. Falls du morgen an der Uni bist, können wir auch zusammen hin und ich zeig dir die Stelle. Heute wird's mir n bisschen knapp.

I: Das wär gut, dann kann ich mirs auch besser vorstellen.

R: Okay, also du siehst: das geht schon. Ich würd mich da nicht unbedingt hinsetzen aber ... auch keine riesen Angst.

I: Gut, das war's dann eigentlich schon.

R: Okay...

I: Sollen wir dann morgen ...

[Ende der Aufnahme]

17. Bei den Computern

Donnerstag, 27. März 2008: Wir haben ausgemacht, uns gegen 19 Uhr bei den Computern an der Treppe zu treffen. Ich bin viertel vor sieben da und sehe mich um. Die Rechner wirken neu, ebenso die schwarzen Flachbildschirme. Wahrscheinlich ist der Monitor, der immer ein und aus ging, längst ausgemustert.

Kurz nach Sieben trifft Achim ein und bestätigt meine Vermutung: Die Computer sind neu, ebenso die Bildschirme. Damals, so Achim, als ihm „das" passiert sei, da habe hier noch „so ein alter grauer Röhrenmonitor" gestanden. Röhrenmonitore gibt es hier nicht mehr, auch Lautsprecher sind nirgends angeschlossen.

Ich lasse mir zeigen, an welchem Tisch sich Achim über den Monitor beugte. Auch frage ich nach dem Bücherregal, gegen das er stieß, als er auf dem Boden nach hinten „krabbelte". Achim beantwortet meine Fragen aber es scheint mir, als halte er einen gewissen „Sicherheitsabstand" zu Tisch und Regal. Die ganze Zeit steht er etwas abseits, die Hände in den Taschen. Während ich mich über den Monitor beuge und zu schätzen versuche, wie weit es vom Tisch zum Bücherregal ist (ca. 3 Meter), wirkt Achim wie ein unbeteiligter und ein wenig ungeduldiger Zuschauer. Vielleicht ist es meine Einbildung, aber ich glaube, er wäre lieber nicht hier.

Nach zehn Minuten sagt Achim, er müsse jetzt auch los. Ich bleibe noch ein bisschen, setze mich an den Platz, an dem der alte Rechner und der Röhrenmonitor stand. Vielleicht ist ja der Stuhl noch derjenige, über den Achim damals, vor rund anderthalb Jahren, gefallen ist. Blöderweise habe ich vergessen, ihn danach zu fragen.

Ich verschränke die Arme hinter dem Kopf, lehne mich zurück und lausche den Geräuschen der Bibliothek. In einiger Entfernung sind Stimmen zu hören, irgendwo zieht ein Kopierer die Blätter durch. Etwa fünf Minuten sitze ich so, nichts passiert. Ich stehe auf und mache mich auf den Heimweg. Es ist gleich halb acht, für heute reicht es mit Uni.

18. Aufgeschreckt

Freitag, 28. März 2008: Ich will den Abend dazu nutzen, an meiner Dissertation zu arbeiten. Kurz nach 18 Uhr bin ich auf S3. Ich setze mich an einen der Tische, dorthin wo auch Mara, Jessica und Susanne saßen. Etwa 10 Meter links von mir summt einer der Kopierer, hinter mir räumt eine Uni-Angestellte Bücher ein. Viel los ist um diese Zeit nicht mehr, schließlich ist Freitag Abend und Freitag Abend hat der Durchschnittsstudent Anderes zu tun als in der Bib zu arbeiten oder auf paranormale Phänomene zu warten. Menschenleer ist es aber auch nicht.

Ich klappe meinen Laptop auf und mache mich ans Werk. Etwa zwei Stunden schreibe ich an meiner Diss, dann lässt die Aufmerksamkeit nach. Ich lese mir die Interviews durch, die ich mit Tobias und Achim geführt habe und suche nach Gemeinsamkeiten. Angenommen, ihre Geschichten stimmen: Dann hat dieses „Wesen" auf die Männer von vorneherein aggressiv bzw. feindselig reagiert. Den Frauen gegenüber verhielt es sich nicht aggressiv bzw. erst dann, als es zurückgewiesen wurde. Aber daran irgendwelche Folgerungen anzuschließen, das wäre nur Spekulation. Ich habe schließlich erst mit fünf Leuten gesprochen. Vielleicht meldet sich ja noch jemand.

Gegen neun fange ich wieder mit der Arbeit an meiner Diss an. Aber irgendwie bin ich heute nicht fit, auch der Automatenkaffee hilft nicht. Kurz vor zehn kann ich kaum noch die Augen offen halten und einmal muss ich so gähnen, dass ich kurz eine Art „Kiefer-Zerrung" habe – recht unangenehm übrigens. Mittlerweile ist es hier unten ruhig und menschenleer, nur das leise Rauschen der Lüftung ist zu hören. Ab und zu auch entfernte Stimmen, wahrscheinlich aus einem anderen Stockwerk.

Ich könnte nach Hause gehen und mich auf die Couch legen. Oder ich mache kurz die Augen zu und entspanne mich, vielleicht geht es dann wieder. Irgendjemand hat mir mal erzählt, dass sich Albert Einstein, wenn er müde war, mit einem Löffel in der Hand auf einen Stuhl setzte. Dann machte er die Augen zu, schlief ein, ließ nach ein paar Sekunden den Löffel fallen, wachte durch das Geräusch auf und war ausgeruht. Eigentlich halte ich diese Geschichte ja für Blödsinn, aber versuchen kann man es ja. Ich stütze also den Kopf auf meine Fäuste und mache die Augen zu. Wenn ich einschlafe, dann wird mein Kopf zwischen den Fäusten heruntersinken und ich werde aufwachen. Es tut gut, die Augen zu schließen. Das Geräusch der Lüftung hat etwas Beruhigendes ...

... Ich reiße den Kopf hoch und die Augen auf. Der Monitor meines Laptops ist schwarz, Stromsparmodus. Ich habe geschlafen. Aber geweckt hat mich nicht das Herabsinken meines Kopfes, sondern ein Geräusch hinter mir, ein dumpfes Platschen. Ich kenne dieses Geräusch. Es entsteht, wenn ein schweres Buch mit der flachen Seite auf den Boden fällt. Plötzlich geht der Bildschirm an und blendet mich, ich bin mit dem Ellenbogen an die Maus gekommen. Ich kneife die Augen zusammen, drehe meinen Oberkörper und schaue in den halbdunklen Gang hinter mir. Es ist niemand zu sehen, der dieses Geräusch verursacht haben könnte, es liegt auch kein Buch auf dem Boden. Ich stoße mich mit beiden Händen vom Tisch ab und stehe auf. Irgendwo muss etwas heruntergefallen sein. Ich gehe mehrere Gänge ab, finde aber weder einen anderen Menschen noch irgendetwas, das auf dem Boden liegt. Ich will schon zurück zu meinem Platz, als ich in einiger Entfernung Schritte höre. Also bin ich doch nicht allein. Die Schritte kommen aus der Richtung, in der die Treppe ins Geschoss darüber liegt. Schnell hinterher. Nachsehen ob da jemand ist. An der Treppe angekommen sehe ich einen dunkel gekleideten Mann, der nach oben läuft, auf dem Arm einen Stapel Bücher.

„Ähm Entschuldigung..."

Er dreht sich um. „Ja?"

Der Mann hat ein Jungengesicht, ein Student, wahrscheinlich noch nicht einmal zwanzig.

„Ist dir gerade ein Buch runter gefallen?"

Er grinst mich an und ich weiß nicht recht, ob in diesem Grinsen Spott oder Verlegenheit liegt.

„Ja, tut mir leid wenn ich dich geweckt habe."

„Kein Problem" murmele ich. Und während ich noch murmele bin ich schon unterwegs zu meinem Platz. Ich setze mich an meinen Computer, lege ein neues Text-Dokument an und schreibe das hier. Gegen 22.30 verlasse ich die Bibliothek.

Zuhause werfe ich mich auf die Couch und mache den Fernseher an. Aber richtig „abschalten" kann ich nicht, gedanklich bin ich bei S3. Kurz nach zwölf setze ich mich noch einmal an den Computer und lege eine Liste der Ereignisse an, die mir bisher erzählt wurden. Einfach damit ich nicht den Überblick verliere, damit ich weiß, wann was war.

Vermutlich März 2006: Susanne spürt eine Berührung an ihrer Schulter, erst leicht, dann fester. Niemand ist zu sehen.

November 2006: Achims Erlebnis mit dem Computer. Der geht immer wieder ein und aus. Dann ein lautes, schmerzhaftes Pfeifen aus den Lautsprechern. Anschließend hörbare Atemgeräusche, niemand zu sehen.

September 2007: Tobias hört auf der Toilette zweimal ein Klopfen, dann einen heftigen Schlag. Er ist sich aber sicher, dass außer ihm niemand da ist. Anschließend hat er das starke Gefühl, jemand oder etwas sei hinter ihm. Er verlässt fluchtartig die Toilette.

Vermutlich September 2007: Mara fühlt eine Berührung am Kopf, sie beschreibt diese als „Streicheln". Als sie weggeht, stößt sie jemand von hinten. Niemand ist zu sehen.

Januar 2008: Jessica hört zweimal kurz hintereinander Schritte. Als würde jemand auf sie zu kommen. Es ist aber niemand zu sehen.

19. Anne ruft an, dann ihre Tante

Donnerstag, 3. April 2008: Gestern und Vorgestern saß ich insgesamt über zehn Stunden auf S3. Keine besonderen Vorkommnisse.

Kurz nach drei habe ich einen Anruf: „Hallo, hier ist Anne. Sprech ich mit Oliver?"

Sie habe, so Anne, schon vor einiger Zeit einen meiner Zettel gesehen, „das Ganze" auch interessant gefunden, dann aber gezögert sich zu melden. Ihr selbst sei schließlich nie etwas Unheimliches passiert. Sie kenne aber jemanden, der von seltsamen Ereignissen erzählt habe.

Ich frage nach und erfahre, dass es sich bei diesem „Jemand" um Annes Tante handelt. Diese habe rund 15 Jahre in der Bibliothek gearbeitet und schon mehrmals von komischen Ereignissen berichtet.

Sie habe gedacht, ich suche nur Studenten, so Anne. Deshalb habe sie auch nicht früher angerufen. Aber wenn ich wolle, dann würde sie mal bei ihrer Tante nachfragen. Die sei ein sehr „offener" Mensch, wahrscheinlich habe sie nichts gegen ein Interview.

Ich sage Anne, dass ich ihr dankbar fürs Nachfragen wäre und frage mich zugleich, wieso ich selbst nicht auf die Idee kam, mich mit ehemaligen oder aktuellen Mitarbeitern der Bibliothek zu unterhalten, diese direkt nach unheimlichen Erfahrungen zu fragen. Schließlich verbringen die Mitarbeiter viel mehr Zeit in der Bibliothek als der Durchschnittsstudent.

Anne verspricht mir, mit ihrer Tante zu reden. Sie will ihr meine Telefonnummer geben. Ihre Tante würde sich dann direkt bei mir melden.

Nur zwei Stunden später weiß ich, dass Anne Wort

gehalten hat. Eine Frau Seiler (Name natürlich geändert) ist am Telefon. Sie habe gerade von ihrer Nichte meine Telefonnummer bekommen und jetzt wolle sie doch genauer wissen, um was es mir geht. Ich erkläre Frau Seiler mein Interesse an den seltsamen Phänomenen in der Bibliothek und Frau Seiler erklärt mir, dass sie während ihrer fast zwanzig Jahre in der Bibliothek schon einiges gehört hat. Selbst aber – das wolle sie gleich klarstellen, damit ich nicht enttäuscht sei – habe sie nie etwas Unerklärliches oder Unheimliches erlebt. Ob ich denn trotzdem an einem Interview interessiert sei?

Ich bin interessiert und wir vereinbaren einen Termin. Ich soll morgen Nachmittag zu Frau Seiler nach Hause kommen. Detailliert beschreibt sie mir den Weg, sagt mir sogar, wo ich ungestraft parken kann.

20. Das Gespräch mit Frau Seiler

Freitag, 4. April 2008: Frau Seiler lebt in dörflicher Gegend, zur Uni sind es etwa 15 Minuten mit dem Auto. Zusammen mit Mann und Hund wohnt sie in einem Einfamilienhaus. Die Kinder sind schon ausgezogen. Frau Seiler ist eine gepflegte, modisch gekleidete Frau Ende 50. Während des Gesprächs am späten Nachmittag trinken wir Kaffee, dazu gibt es Gebäck. Der Ehemann ist im Garten beschäftigt, vor dem Gespräch kommt er kurz herein und sagt Hallo.

Frau Seiler erzählt recht „unaufgeregt", in ruhigem Tonfall. Sie bleibt in ihren Aussagen vage, will sich ungern festlegen. Schon vor dem Gespräch sagt sie mir, dass sie einfach von dem erzählen werde, was sie so gehört habe, dass sie die Erlebnisse ihrer Kollegen aber nicht „bewerten oder einordnen“ wolle. Dieses „Nicht bewerten wollen“ scheint ihr wichtig zu sein.

[Beginn der Aufnahme]

I: Okay, also danke dass Sie mitmachen...

R: Geht's schon los?

I: Ähm ja, Band läuft.

R: Gut, soll ich dann einfach erzählen? Oder sagen Sie mir, wo ich anfangen soll?

I: Ja also Sie meinten ja am Telefon schon, dass es in der Bibliothek immer wieder ähm ... ja, oder vielleicht sagen Sie zuerst, wie lange sie dort gearbeitet haben und was sie gemacht haben.

R: Gut ... ich arbeite ja noch.

I: Ach so...

R: Ja, also ich bin Bibliothekarin und jetzt seit über 17 Jahren dabei und ich hab in den letzten Jahren reduziert aber wie gesagt: Ich arbeite noch.

I: So Altersteilzeit?

R: Ja, dass man sich so an die Rente gewöhnt (lacht), so langsam reinrutscht.

I: Ähm, was machen sie so, also an Arbeit?

R: Verwaltung, Beratung, durchaus auch mal an der Ausleihe.

I: Relativ vielfältig.

R: Ja, Verschiedenes.

I: Wenn sie vielleicht einfach mal erzählen, was so Komisches passiert ist.

R: Ja, wie gesagt. Das ist jetzt schon so zehn Jahre ... oder vielleicht neun, acht neun Jahre her, dass sich das gehäuft hat ... ähm, vielleicht nicht „gehäuft", vielleicht ist das zu viel gesagt, aber es kam eben mehrmals was äh vor und es gab einfach Kollegen, die gesagt haben: Da in den Bereich geh ich nicht gern. Oder: Ich hab irgendwas gehört oder irgendein unheimliches Gefühl gehabt und da stimmt was nicht.

I: Also waren das mehrere Kollegen, die ähm...

R: Ja, also vor vielleicht acht Jahren, und da hat das auch angefangen. Davor hat man solche Beschwerden ... ich sag mal:„Beschwerden", eigentlich nicht gehabt.

I: Und das waren die unteren Ebenen der Bibliothek, also wo Leute gesagt haben: Da geh ich nicht gerne hin...

R: Ja, das waren in erster Linie die unteren Ebenen, S3 vor allem.

I: Und ham sich dann Leute richtig geweigert, dort hin zu gehen?

R: Nein, das eigentlich nicht. Nur vielleicht dass mal gebeten wurde wo anders zu arbeiten. Aber dass sich jemand richtig gesträubt hat oder geweigert hat, das war die Ausnahme. Und wie gesagt, das waren auch nicht viele Kollegen. Die meisten hatten kein Problem gehabt mit S3 und den Bereichen drum herum.

I: Ähm, Sie meinten am Telefon auch dass es ganz konkrete Ereignisse gab.

R: Ja, ich erinnere mich an zwei Begebenheiten ... allerdings waren das eben keine eigenen Erlebnisse sondern Erzählungen. Ich selbst habe ja nie etwas erlebt, was ich eindeutig als ja ... wie soll man sagen? Als übernatürlich oder gespenstisch einordnen würde. Also damit kann ich nicht dienen, da kann ich Ihnen nicht weiterhelfen.

I: Ähm, ja, kein Problem, wenn Sie einfach mal erzählen würden, was Sie äh gehört haben.

R: Also zum Beispiel von einer Kollegin, die eben auch unten auf S3 Bücher eingeordnet hat. Die meinte, Sie hätte gerade vier Bücher eingestellt und dann dreht sie sich um und will weiter und da hört sie hinter sich ein Geräusch...

I: Was für ein Geräusch?

R: Ein Geräusch einfach, was genau weiß ich nicht. Und jedenfalls, sie hört was, dreht sich um und da liegen genau die vier Bücher, die sie gerade eingeordnet hat, unten auf dem Boden. Also ohne dass die irgendwie rausfallen konnten.

I: Wie hingelegt?

R: Ja, wie hingelegt, als ob die jemand rausgenommen und runtergelegt hat. So hat sie das erzählt ... oder an eine andere Geschichte erinnere ich mich noch. Da hatte eine andere Kollegin Bücher auf dem Wagen und war gerade am Einordnen...

I: War das auch auf S3?

R: Bin ich mir nicht ganz sicher. Auf jeden Fall dort unten. Also die war am Einordnen und will wieder zu ihrem Wägelchen um äh andere Bücher zu holen und da fährt ihr der Wagen plötzlich weg.

I: Von alleine?

R: Ja, also nicht dass da jemand gewesen wäre. So hat sie's jedenfalls erzählt. Der Wagen fährt langsam den Gang entlang, von ihr weg. Und da könnte man ja noch meinen, das ist irgendwie abschüssig.

I: Gibt's da unten abschüssige Bereiche?

R: Nee, eigentlich ja nicht oder zumindest nicht so, dass man das merken würde. Aber das wäre eben vielleicht noch ne Erklärung dass man meint: Ja, war vielleicht doch irgendwie abschüssig, so ganz leicht, unmerklich. Ähm, aber die Kollegin hat dann erzählt dass der Wagen nicht nur von ihr weggerollt ist sondern am Ende vom Regal fein ordentlich um die Kurve gebogen ist.

I: Aber da war eben niemand...

R: Nein, nach dem was die Kollegin berichtet hat war da niemand.

I: Was hat ihre Kollegin dann gemacht?

R: Ach, das ist ne resolute Frau. Die hat sich den Wagen geschnappt und einfach weitergemacht. Und als sie von dem Ereignis dann eben erzählt hat, da war das auch eher so: „Mir ist da was Lustiges passiert“ Also die ist nicht leicht zu erschrecken äh...

I: Aber wenn das jemand anders passiert wäre, wenn jemand nicht so äh robust ist...

R: Sicher, aber das ist ne sehr handfeste Frau. Die war nicht so leicht aus der Ruhe zu kriegen.

I: Hat diese Kollegin sonst irgendwas erzählt, also dass sie was gehört oder sonst wahrgenommen hat?

R: Meines Wissens nicht. Die hat nur das mit dem Wagen erzählt, der eben von alleine gerollt ist. Aber das ist auch schon ein paar Jahre her.

I: Wissen Sie, um welche Uhrzeit das war?

R: Ich glaub das war Nachmittag oder äh ... später Nachmittag. Aber was ich noch sagen wollte: Natürlich gibt es auch Kollegen, die ängstlicher sind und die auch auf so eine Situation anders reagiert hätten. Hm ... ich erinnere mich an eine Begebenheit ... also wenn man so davon erzählt, dann kommen so Sachen hoch, die doch noch irgendwie...

I: Die man noch so im Hinterkopf hat...

R: Ja genau, es gab schon einige Begebenheiten, da war schon Einiges. Also zu der anderen Kollegin, wo ich gerade erzählen wollte. Das ist n bisschen eine schreckhafte Frau und ein bisschen ... verdruckst. Und die kam mal ganz aufgelöst zu mir und äh, zu nem Kollegen, mit dem ich da stand und hat erzählt, sie war auch da unten am Bücher einordnen und geht eben dieses Regal entlang, ähm hat dabei einen Bücherstapel auf dem Arm und plötzlich zieht sie was von hinten an der Kleidung, äh zupft sie so an der Kleidung. Und sie denkt: Was soll jetzt das? Und dreht sich um und da steht aber niemand. Und im nächsten Moment schlägt ihr jemand mit Wucht diesen Bücherstapel weg, also ... na ja, was heißt Bücherstapel? Die hatte eben vier, fünf Bücher auf dem Arm. Und äh, die schlägt ihr jemand weg und die liegen dann im Gang verteilt. Und sie hat sich auch nicht getraut die wieder einzusammeln sondern ist einfach auf schnellstem Weg von da weg. Die ist ganz atemlos hier angekommen und nachher hat sie sogar geweint. Und diese Frau hat eben ganz fest behauptet, dass da niemand war, dass sie niemand gesehen hat. Und ich bin dann hin und hab die Bücher eben eingesammelt. Die lagen im Gang verteilt.

I: Um welche Uhrzeit war das?

R: Später Nachmittag wenn ich mich richtig erinnere.

I: Aber Sie haben nichts Komisches bemerkt?

R: Ähm...

I: Als Sie diese Bücher eingesammelt haben.

R: Nein, überhaupt nicht. Aber äh, diese Frau, die war wirklich eingeschüchtert. Ich denke auch nicht dass das irgendwie gespielt war oder dass sich diese Frau interessant machen wollte. Klar kann man sagen, die hat vielleicht irgendwas erlebt und das falsch interpretiert aber ... also ich denke nicht dass sie sich das ausgedacht hat. Gut, wobei das schon eher ne ängstliche Person ist.

I: Ähm, arbeitet die noch in der Bib?

R: Nein, die hat vor fünf oder sechs Jahren gekündigt. Aber nicht deswegen, da gab's noch andere Probleme. Die kam auch mit einigen Kollegen nicht gut zurecht.

I: Aber äh ... wenn das so ne eher ängstliche Frau war...

R: Ja schon, also vielleicht hat dieses Erlebnis auch ne Rolle gespielt. Es war auch so dass sie nicht mehr unbedingt da unten arbeiten wollte und das wurde dann auch so akzeptiert.

I: Also sie hat dann nicht mehr ... sie musste dann nicht mehr dort runter gehen.

R: Genau, jetzt fallen mir aber noch andere Sachen ein. Wenn man so am Reden ist, dann kommt das alles wieder. Zum Beispiel gab es eine Kollegin, die hat erzählt, dass sie dort unten wie so äh an die Wand gedrückt wurde.

I: An die Wand gedrückt?

R: Ja äh, wie so ... krieg ich das jetzt noch zusammen? Ähm ...wie so äh, also die war eben da unten unterwegs und plötzlich ist ihr so, als würde sie jemand packen und gegen die Wand drücken. Also die wurde vielleicht einen Meter nach hinten gedrängt.

I: Ähm „packen“ so als ob man von Händen gepackt wird?

R: Nein, die hat das anders geschildert. Die hat es so nach hinten gedrängt. Aber nicht wie eine körperliche Berührung. Also sie hat das auch nicht richtig erklären können. Und hm, ich bekomme das auch nicht mehr so ganz zusammen und ja ... ich will Ihnen ja nichts Falsches erzählen.

I: Und das war auch vor ungefähr acht Jahren?

R: Puh, so genau ... also auf jeden Fall gab es vor etwa acht Jahren eine Häufung solcher Berichte und vorher ... äh in meinen ersten Jahren dort, da habe ich nichts mitbekommen aber vor ungefähr acht Jahren eben ... also durchaus auch so kleine Begebenheiten, dass aus unerklärlichen Gründen mal was runterfällt oder Bücher plötzlich verschwinden oder mal was plötzlich anders liegt als man es hingelegt hat ... oder dass jemand einfach ein seltsames Gefühl hat und denkt, da ist irgendwas, da is jemand in meiner Nähe oder ... ich werde beobachtet.

I: Und das war alles auf S3?

R: Größtenteils, größtenteils. Eben unteres Stockwerk. Nicht immer nur S3, aber zum Großteil.

I: Und diese äh ... Sie sagten Häufung vor acht Jahren ... danach ging das dann zurück?

R: Ja, das wurde weniger. Also das war wirklich so vor acht Jahren dass ich das ziemlich oft gehört hab. Und in den letzten Jahren hab ich davon nicht mehr viel mitgekriegt, so äh ... eindeutige Sachen. Schon dass es einem mal unheimlich ist oder jemand ein komisches Gefühl hat. Aber das hat schon abgenommen, doch. Und damals war das auch, dass Mitarbeiter wirklich ungern in bestimmte Bereiche gegangen sind. Und, ja, wenn wieder jemand irgendwas erzählt hat, dann hieß es immer: Ja, Willi war's.

I: Willi?

R: Ja, das wurde so was wie ein Sprichwort. Kennen Sie „Die Simpsons", die Trickfilmserie?

I: Ja, kenn ich.

R: Da gibt's so ne Figur, nen Hausmeister ... Schulhausmeister, der heißt Willi. Und in einer Folge da wird der wohl umgebracht und spukt dann irgendwie als Geist durch die Schule und ist hinter den Schülern her. Und äh, wir hatten damals so n paar Hilfskräfte, die waren Fans von der Serie und die haben dann damit angefangen: „Willi war's" oder „Willi ist gerade sauer". Naja, und das hat sich dann so verbreitet und immer wenn was schief gegangen ist, dann hieß es eben„Willi war's."

I: Und äh, das haben dann ein paar angefangen und die anderen haben das dann so übernommen?

R: Genau, also das waren zwei, die kannten eben die ganzen Serien auswendig. Die haben auch ganze Nächte diese Simpsons-Serien angeschaut. Und die haben eben damit angefangen, so als Scherz, und das hat sich dann verbreitet. Und das ging dann so weit, dass äh ... also wenn jemand sein Auto nicht gefunden hat, dann hieß es „Willi hat's ausgeliehen" oder „Willi fährt gerade in die Stadt und holt sich was zu essen." War eben so ein Gag. Äh ... wenn man zum Beispiel mit Kollegen auf den Parkplatz ist und jemand hat eben nicht gleich das Auto gefunden.

I: Also so ein Scherz unter den Mitarbeitern, eine Zeit lang ... äh, war das auch vor acht Jahren?

R: Genau, ja, also ist dann auch wieder ... ähm vielleicht etwas weniger, vielleicht vor sieben Jahren und ... äh war irgendwann nicht mehr lustig. Und ja, ich denke dass es durchaus auch Mitarbeiter gab, denen das überhaupt nicht recht war, dass das so auf die lustige Schiene äh ... gehandhabt wurde. Es gab durchaus vereinzelt auch Leute, die das sehr ernst genommen haben und die sich wirklich unwohl gefühlt haben in bestimmten Bereichen. Ich hab Ihnen ja gerade das erzählt von der Kollegin, der so die Bücher aus der Hand geschlagen wurden. Der war das sicher nicht recht dass das so veralbert wird. Aber die ist ja dann auch weg.

I: Dieses „Willi war's" hab ich bisher noch nie gehört. Also unter Studenten scheint das nicht so äh ... geläufig zu sein.

R: Ja das ist ja auch nicht mehr. Das hat dann wieder abgeebbt. Wie lang sind Sie an der Uni?

I: Äh, mal überlegen ... auch schon sieben Jahre.

R: Ja gut, aber das war wohl eher unter den Mitarbeitern.

I: Aber wieso gerade Willi? Also ich kenn die Figur, das ist so n schottischer Hausmeister der irgendwie griesgrämig ist äh ... gibt's da irgendeine Verbindung? Oder wieso gerade diese Figur?

R: Das weiß ich auch nicht. Ich kenn diese Serie eigentlich überhaupt nicht, ich weiß das nur von diesen Hilfskräften, die das eben geschaut haben. Wie gesagt: Das waren eben so Fans der Serie und die haben das dann angefangen. Und die Verbindung war einfach dass der eben auch rumgespukt hat und äh ja ... Aber das ist dann ja auch wieder abgeebbt und das war eher ne Art Scherz. Also es war nicht so dass dann alle geglaubt haben, da ist jetzt wirklich irgendein ... ein Geist oder ein Gespenst und das heißt Willi.

I: Ja, klar ... ähm, Sie meinten ja schon dass Sie selbst eigentlich nichts Komisches erlebt haben in ihrer Zeit ... aber äh, was denken Sie? Glauben Sie diesen Berichten oder denken Sie eher, da bildet sich jemand was ein?

R: Ähm...

I: Also zum Beispiel, was diese Geschichten mit dem „An die Wand gedrückt werden" oder das mit dem „Bücher aus der Hand schlagen" angeht.

R: Ich sag mal so: Das waren ja nur zwei Geschichten, die eben relativ eindrücklich waren und mir vielleicht deswegen noch in Erinnerung sind. Aber es gab ja auch kleine Ereignisse, einfach dass sich Leute unwohl gefühlt haben oder gedacht haben: Da ist jemand. Und äh, von da her kann ich mir schon vorstellen, dass da unten, also speziell auf S3, eine besondere Atmosphäre ist oder ja, vielleicht auch komische Sachen passieren. Aber wie gesagt: Alles keine eigenen Erlebnisse. Ich kann Ihnen das nur so erzählen wie ich das gehört habe.

I: Man könnte ja auch versuchen, das irgendwie rational zu erklären. Also so ... ähm, da ist es ein bisschen ruhig und dunkel und dadurch ist sowieso schon eine etwas unheimliche Stimmung und dann erzählt mal jemand so eine Geschichte und dadurch sind die anderen, die das mitbekommen haben, dann wieder äh sensibler und ja äh, mental drauf eingestellt dass da unten was Komisches passiert und interpretieren dann vielleicht auch Geräusche oder Ereignisse in die ähm ... in diese Richtung.

R: Äh ja, natürlich könnte man versuchen das so zu erklären. Ich halte das auch für plausibel was Sie sagen. Aber andererseits: Es gibt in der Bibliothek durchaus Bereiche, die auch dunkel und vielleicht noch ruhiger sind und trotzdem haben sich die Klagen oder ... die Berichte gerade zu S3 gehäuft. Und ich hab Ihnen ja vorher von der Frau erzählt, die da unten Bücher eingeräumt hat und wo der Wagen von alleine weggefahren ist, äh ... ja, also das ist einfach keine Frau von der ich glaube, die hat Angst und bildet sich dann so etwas ein oder ... äh, die denkt sich so etwas aus. Es gibt andere, da kann man annehmen: Die haben schwache Nerven oder die wollen was erfinden um was ... erzählen zu haben. Aber eben nicht bei dieser Frau, das glaub ich nicht. Die denkt sich so was nicht aus und die bildet sich auch nichts ein. Das würde einfach nicht passen. Die ist ne sehr klare, auch ne sehr bodenständige Frau.

I: Sie halten das schon für möglich?

R: Sagen wir so: Ich schließ das nicht aus, ich sag nicht „Alles Unfug“.

I: Arbeitet diese Frau noch in der Bibliothek oder ähm ... haben Sie noch Kontakt?

R: Nein, das ist ja schon alles etwas her. Und die Leute kommen und gehen.

I: Ich hab mir gerade gedacht: Es gibt doch auch Videokameras in der Bibliothek, vielleicht hätte man da mal was sehen können ... zum Beispiel dass sich etwas von selbst bewegt hat.

R: Videokameras?

I: Ja, ich dachte ich hätte schon Kameras gesehen ... ähm...

R: Ach so, ja, aber das ist ja eher an den Fenstern oder an den Drehtüren, eben damit keine Bücher gestohlen werden. Das wird ja nicht flächendeckend überwacht. Und äh, da unten auf S3 und in der Umgebung da sind meines Wissens auch keine Kameras.

I: Ja, stimmt, das war jetzt nur so n Gedanke...

R: Klar, wenn man so etwas auf Video hätte, das wär natürlich interessant. Was für Sie vielleicht noch relevant ist äh ... es gibt doch ne Katze in der Bibliothek und äh ... es gab schon mehrere, aber es gibt eben immer die Bibliothekskatze. Und eine, die setzt sich wenn sie jemanden schon ein bisschen kennt, manchmal auf die Schulter und lässt sich herumtragen. Oder sie geht einem manchmal auch hinterher. Aber jedenfalls geht diese Katze meines Wissens nicht ins untere Geschoss. Wenn die Katze einem hinterherläuft und man geht die Treppe runter, dann bleibt die oben stehen.

I: Die geht nicht nach S3?

R: Genau, nicht nach da unten. Die bleibt oben stehen und schaut einem groß hinterher. Die geht keinen Schritt weiter, nichts ums äh ... nicht ums ... Der könnte man sonst was dort unten zum Fressen hinstellen, die geht nicht weiter. Eine Kollegin hatte sie mal auf dem Arm und wolle mit ihr die Treppe runter. Da hat das Viech so angefangen zu fauchen, die musste die runter lassen. Die hätte ihr sonst das Gesicht zerkratzt. Dabei ist die eigentlich ganz zutraulich.

I: Vielleicht hat sie da unten mal ne schlechte Erfahrung gemacht, vielleicht hat sie mal jemand getreten...

R: Nee, dann wär die ja allgemein gegen Menschen. Dafür hat die zu viel Zutrauen.

I: Also die müsste man schon mit Gewalt da runter...

R: Die würde sich aber wehren. Das können Sie glauben.

I: Ich wollte noch mal generell fragen, also ähm, wie würden Sie diese Ereignisse, von denen Ihnen ähm berichtet wurde, wie würden Sie die einordnen. Oder ganz platt: Was ist da unten los?

R: Wie gesagt: Ich will mich da nicht festlegen. Ich will das alles, was mir über die Jahre erzählt wurde oder was ich so mitbekommen habe, ich will das nicht abtun, nicht einfach sagen „Alles Einbildung, alles Quatsch". Aber ich würde andererseits auch nicht sagen „Da spukt's" oder „Da ist irgendwie ein Geist unterwegs". Dagegen würde sich bei mir etwas sträuben, das ist auch ne Einstellungssache. Ich glaub ja sowieso nur an das, was ich sehen kann (lacht). Ich bin da eher der naturwissenschaftliche Typ. Und deshalb bin ich auch schon mit 18 aus der Kirche raus. Und ich hab auch nichts am Hut mit Esoterik und kosmische Energien und Seance und Geisterbeschwörung und ähnliche Geschichten, also so Sachen, wo sich durchaus auch Freundinnen von mir mit beschäftigen. Aber ich bin da eher kritisch eingestellt und erst mal so ... ein bisschen auf Abstand. Ich verurteil das nicht aber äh ... wie gesagt: mit ein bisschen Abstand. Aber ... auf der anderen Seite eben auch: Ich habe das gehört und das ist sicher nicht alles Quatsch. Aber für mich eher ... nein, also ich schließe nichts aus aber ich glaube auch nichts, was ich nicht gesehen habe.

I: Vielleicht ist die Katze da abergläubischer als Sie.

R: (lacht) ja, kann sein. Aber hm ... ich weiß gar nicht wie ich das sagen soll. Ich bin mir da wirklich unsicher. Aber eher so die Tendenz: Da gibt es nichts, wovor man Angst haben muss.

I: Das heißt, Sie haben da unten auch gar keine Angst, also auf S3?

R: Nein, überhaupt nicht.

I: Sie würden auch allein ne Nacht dort unten verbringen, obwohl Sie die ganzen Geschichten kennen?

R: (lacht) das dann doch nicht ... das dann doch eher nicht. Vielleicht würds mir doch unheimlich werden. Die Angst ist ja was ganz Irrationales. Man muss ja nicht fest an irgendwas glauben um sich davor zu gruseln ... Nö, übernachten würde ich nicht da unten. Mir ist es schon lieber wenn Menschen um mich sind und wenn es noch hell ist. Bei Nacht ... nee, lieber nicht. Also ich glaub da nicht dran aber sicher ist sicher (lacht).

I: Okay, das war's dann eigentlich...

R: ...schön, hoffe dass ich ein bisschen helfen konnte bei ihrer Untersuchung (lacht).

I: Auf jeden Fall... danke fürs Mitmachen, dass Sie sich die Zeit genommen haben.

R: Jetzt halten Sie mich doch für abergläubisch.

I: Nö, Sie habens ja erklärt.

R: So gut es eben ging (lacht). Ich hab mal in irgendeinem Vorwort zu einem Buch gelesen, so äh bedeutungs- äh inhaltsmäßig hat da die Autorin geschrieben „Ich glaube natürlich nicht an Gespenster, ich bin aber trotzdem froh wenn ich mir nachts die Decke über das Be- äh über den Kopf ziehen kann". Und das trifft es vielleicht ganz gut. Die Angst ist ja nichts Rationales. Man muss ja nicht fest an Irgendwas glauben um Angst zu haben. Und ja ... sicherlich waren einige der Geschichten oder einfach die Ereignisse, die man über die Jahre so gehört hat, in gewisser Weise glaubwürdig. Es wäre auch zu einfach wenn man sagt: „Das ist alles Quatsch." Und es wäre auch ungerecht denen gegenüber, die so etwas erzählen und sich ja auch irgendwie ... einem anvertrauen.

I: Mhm ja.

R: Aber was genau da unten passiert ist beziehungsweise ob überhaupt irgendetwas passiert ist oder noch immer passiert ... also klar ist den Leuten etwas passiert oder sie haben etwas beobachtet aber ... wie man das deuten kann und ob das einfach die komische Atmosphäre da unten ist, die einem Angst machen kann...

I: Aber Sie meinten vorhin, dass es andere Bereiche gibt, die auch dunkel und still sind und dort...

R: Jaja, das stimmt. Aber ... wie gesagt, ich will mich da nicht festlegen. Ich sag nicht, dass das Quatsch ist, was man über die Jahre so hört, auf keinen Fall sag ich dass. Aber ich kann Ihnen auch nicht einfach sagen, dass da unten irgendwie eine äh eine hm ... „Präsenz" ist oder irgendein „Wesen" ist oder wie auch immer ... dazu müsste ich schon selbst etwas erlebt haben und vielleicht wäre ich dann überzeugt und könnte Ihnen mehr sagen oder Ihnen ähm ... mit größerer Sicherheit irgendetwas sagen.

I: Mhm, klar.

R: Aber vielleicht finden Sie ja noch was raus bei Ihren Forschungen.

I: Mal sehen...

[Ende der Aufnahme]

Nach dem Interview unterhalten wir uns noch ca. 10 Minuten. Frau Seiler erzählt von ihrer Arbeit in der Bibliothek, schildert ihre Aufgabenbereiche. Ich frage, ob sie vielleicht noch Kollegen kennt, die etwas Seltsames erlebt und Zeit für ein Interview haben. Gerne dürfe sie auch meine Telefonnummer weitergeben. Frau Seiler verspricht mir, mal herumzufragen. „Versprechen" könne sie mir aber nichts.

21. Kälte, sonst nichts Besonderes

Mittwoch, 9. April 2008: Gestern und vorgestern war ich wieder auf S3. Montag Abend etwa drei Stunden, von sieben bis zehn, Dienstag Nachmittag etwa zwei Stunden, von 16 bis 18 Uhr. Ich saß an meinem Stammplatz, dort wo auch die drei Mädels saßen. Na ja, zumindest saßen sie in der Nähe. Es ist nun schon fast einen Monat her, dass ich mein erstes Interview führte, das mit Jessica. Von Frau Seiler habe ich nichts mehr gehört, hoffentlich fragt sie wirklich bei den Kollegen rum. Andererseits ist es mir ganz recht, dass kein neues Interview ansteht. Das letzte Gespräch, das mit Frau Seiler, ist noch nicht fertig abgetippt. Außerdem habe ich ein bisschen Sorge, meine Doktorarbeit zu vernachlässigen.

Der Montag Abend und der Dienstag Nachmittag auf S3 bieten keine Besonderheiten. Ich sitze zwischen Bücherstapeln und bastle an meiner Dissertation. Weder höre, sehe, rieche noch fühle ich etwas Ungewöhnliches. Es lässt auch niemand hinter mir irgendwelche Bücher auf den Boden fallen. Einige Male gehe ich aufs Klo, dorthin, wo Tobias das Klopfen hörte. Auch hier nichts Besonderes.

Ich lausche dem Rauschen der Lüftung und schaue mir die Klo-Kritzeleien an. Nur das Übliche: Stümperhafte Darstellungen primärer und sekundärer Geschlechtsorgane, Pöbeleien und ein falsch herum gezeichnetes Hakenkreuz. Was die Graffitis angeht, so unterscheiden sich die Toiletten an den Universitäten erstaunlich wenig von irgendwelchen Bahnhofklos.

Nur eines fällt mir während meiner Stunden auf S3 auf: Es ist kälter als sonst. Ich lasse meine dicke Winterjacke an und wenn ich zu lange am Stück tippe, bekomme ich kalte Finger. Dann schlage ich ein Buch auf, drücke die Seiten glatt und stecke die Hände in die Hosentaschen. Vielleicht wird die Heizung automatisch runtergeregelt, sobald es April ist. Wahrscheinlich muss Strom oder Gas oder was auch immer, auf jeden Fall aber Geld gespart werden.

Mich stört die Kälte und so bleibe ich am Mittwoch zuhause. Gegen 17 Uhr habe ich einen Anruf: „Guten Tag, spreche ich mit dem Herrn Susami?"

Ich bejahe und eine „Frau Gabriele Pesch" stellt sich vor. Sie habe vor ein paar Tagen mit ihrer ehemaligen Kollegin, der Frau Seiler, telefoniert, und diese habe von meinem Projekt und dem Interview erzählt. Möglicherweise könne sie etwas beitragen, so Frau Pesch. Sie habe früher eine leitende Position in der Bibliothek inne gehabt und zu ihrer Zeit, da habe es eine Reihe von Diebstählen gegeben, und zwar recht ungewöhnliche Diebstähle. Das sei damals so gewesen, dass über mehrere Monate hinweg...

Ich unterbreche die Geschichte und entschuldige mich für die Unterbrechung. Ich bitte Frau Pesch, mir am Telefon noch nicht zu viel zu verraten und frage, ob sie vielleicht Zeit für ein persönliches Gespräch habe. Dann könnte ich die Geschichte mit den Diebstählen gleich auf

Band aufnehmen. Frau Pesch wirkt leicht verärgert ob meiner Unhöflichkeit, ihr Tonfall verändert sich. Aber Zeit hat sie trotzdem. Wir vereinbaren ein Treffen am Wochenende, ich soll zu ihr nach Hause kommen.

22. Bei Frau Pesch

Samstag, 12 April 2008: Pünktlich 15 Uhr bin ich bei der Adresse, dir mir genannt wurde. Frau Pesch bewohnt eine geräumige Altbauwohnung in einem Stadtteil, der für enorme Quadratmeterpreise bekannt ist. Die hohen Wände bedecken Gemälde, größtenteils Abstraktes aber auch ein paar bunte Kinderzeichnungen. Seit dem Tod ihres Mannes vor drei Jahren lebt Frau Pesch allein. Die beiden Söhne sind längst aus dem Haus.

Auf mich wirkt Frau Pesch ein wenig streng bzw. sehr „kontrolliert". Das mag auch an ihrer äußeren Erscheinung liegen. Mich empfängt eine schlanke, schlicht aber stilvoll gekleidete Frau, die jünger wirkt als 63. Die Haare hat sie straff nach hinten gebunden, das Make-up verrät Gespür dafür, wann es genug ist. Und wenn Frau Pesch spricht, dann achtet sie auf gepflegten Ausdruck und klare Aussprache. Sie spricht Hochdeutsch, ich kann keine regionale Färbung erkennen.

Das Gespräch mit Frau Pesch ist für mich nicht direkt unangenehm. Aber ich empfinde die Gesprächssituation doch als leicht angespannt. Immer wieder habe ich den Eindruck, dass Frau Pesch ungeduldig ist, dass sie voran will mit ihrer Erzählung. Einige Male habe ich den Verdacht, dass sie meine Fragen albern findet. Trotzdem, direkt unangenehm ist das Gespräch nicht. Und der Kaffee, den wir aus elegantem Porzellan trinken, ist wirklich ganz hervorragend.

[Beginn der Aufnahme]

R: Funktioniert das jetzt?

I: Ja, ich glaub es läuft ... also äh ... ja, klappt!

[Es gab Probleme mit dem Aufnahmegerät, daher die Nachfrage]

R: Schön, soll ich dann einfach...

I: Ja, wenn Sie einfach mal erzählen würden ... oder vielleicht kurz wer Sie sind und was Sie gearbeitet haben in der Bibliothek?

R: Ja, wie gesagt ... noch mal fürs Band: Mein Name ist Gabriele Pesch und ich bin seit nun vier Jahren im Ruhestand. Und davor habe ich eben bis 59 in der Bibliothek gearbeitet.

I: Und Sie waren dort ähm die Chefin?

R: Nicht direkt oberster Chef aber ... ja, leitende Position wie man so sagt. Aber ich habe viel Organisatorisches gemacht und auch mal mit angepackt. Ich sage immer „Mädchen für alles".

I: Also Sie sind nicht nur im Büro gesessen?

R: Nein, ich war durchaus in der Bibliothek unterwegs. Ich habe den Laden am Laufen gehalten, mit am Laufen gehalten. Das wäre sonst unfair den anderen gegenüber. Man könnte sagen, ich war für die Abläufe verantwortlich, für reibungslosen Ablauf.

I: Wie viel Jahre waren Sie dort in der Bibliothek?

R: Zwanzig, fast zwanzig. Davor war ich in Norddeutschland. Ich komme ursprünglich aus der Nähe von Bremen.

I: Ähm, Sie meinten ja schon dass es auch komische Vorfälle gab. Wenn Sie vielleicht einfach mal erzählen würden.

R: Ja, wie gesagt: Wenn man zwanzig Jahre irgendwo in einer großen Einrichtung arbeitet, dann kriegt man natürlich viel Seltsames mit. Aber im Grund gab es wenig, das dem entsprechen würde, was Sie suchen. Also irgendwie, ich formuliere es mal so, „Unheimliches" oder „Unerklärliches". Es ist natürlich so, die Bibliothek ist relativ groß und auch etwas verwinkelt. Und sicherlich gibt es Bereiche, die weniger einladend sind, die vielleicht auch Leuten unheimlich sein können. Aber die gibt es in anderen Einrichtungen auch.

I: Also zum Beispiel S3.

R: Ja, zum Beispiel S3. Dieser Bereich ist eben ganz unten und es kommt relativ wenig Tageslicht dort hin. Außerdem ist es dort abends oder nachts sehr ruhig, wenig Betrieb. Und insofern ist es natürlich nachvollziehbar, wenn es manchen Leuten – Leuten, die vielleicht empfänglich für so etwas sind – dort unten unheimlich wird. Das gilt für Studenten und das gilt auch für Kollegen.

I: Gab es Kollegen, die dort unten irgendwas erlebt haben?

R: Was heißt erlebt? Es gab auf jeden Fall in meiner Zeit eine Kollegin, die dort unten nicht hinwollte, also die dort keine Bücher einräumen wollte. Das habe ich dann akzeptiert.

I: Und war das so ne Frau, wo man denkt: Die ist empfänglich für so etwas. Oder ähm, die gruselt sich leicht?

R: Das war eine sehr gläubige Frau, sehr katholisch, sehr traditionell katholisch. Und ich vermute, dass diese Frau auch an Geister und Dämonen oder wie auch immer geglaubt hat. Oder an den Teufel. Aber ... es gab oder gibt durchaus auch andere Bereiche als S3, die Leuten unangenehm waren. Das beschränkte sich nicht auf diesen Bereich.

I: Ich hab ja letztlich mit Ihrer Bekannten geredet, mit der Frau Seiler. Und sie erzählte von einer Frau, der irgendwie Bücher aus der Hand oder ähm vom Arm geschlagen wurden ... also hat sie erzählt. Ähm, war das diese Frau, also die Sie als sehr katholisch...

R: Ja, das war diese Frau. Und die Geschichte kennen Sie ja schon, die muss ich ja nicht mehr erzählen. Diese Frau hatte sicherlich auch ähm ... Probleme. Also nicht dass Sie mich falsch verstehen, das war eine nette Person, aber in gewisser Weise auch sehr ängstlich. Hat Ihnen die Frau Seiler ja sicherlich geschildert.

I: Äh ja ... was ich fragen wollte: Wie war das bei Ihnen, gab es Bereiche, die Ihnen unheimlich waren?

R: Nein, kann ich nicht sagen. Natürlich, wenn man alleine

irgendwo ist und plötzlich hört man etwas, dann kann das unheimlich sein. Aber deswegen glaube ich nicht an Gespenster. Ich bin zu jeder Zeit in jeden Bereich gegangen, ohne Probleme.

I: Und Sie hatten nie komische Situationen?

R: Nein, nicht in dem Sinne. Wie gesagt: Ich bin auch nicht empfänglich für so etwas. Andere Kollegen würden Ihnen vielleicht ganz andere Sachen erzählen. Aber das müssten Sie dann eben immer unter dem Gesichtspunkt sehen, dass es Bereiche gibt, die ruhig und ein bisschen dunkel sind. Und das kann natürlich unheimlich sein und da kann man sich – unter bestimmten Vorrausetzungen – vielleicht auch etwas einbilden.

I: Also Sie glauben dann eher an Einbildung.

R: Ich will natürlich nichts unterstellen. Wenn mir jemand erzählt hat, ich hab da was gehört oder ich hab ein ganz komisches Gefühl irgendwo gehabt, dann habe ich das einfach zur Kenntnis genommen. Ich habe das nicht abgetan aber eben auch nicht automatisch für wahr gehalten. Aber so oft kam das auch nicht vor, dass Kollegen mit so etwas an mich herangetreten sind.

I: Ähm, wenn Sie mal n Beispiel geben könnten, was Kollegen erzählt haben...

R: Also eigentlich wenig Konkretes. Ab und zu kam mal: Ja, da will ich Abends nicht mehr hin, dort hab ich ein ganz komisches Gefühl gehabt ... eben auch zum Beispiel auf S3. Oder eine Kollegin hat vor ein paar Jahren mal behauptet, sie hätte abends auf einem Regal irgendein Tier gesehen. Die war beim Büchereinräumen, nicht auf S3 aber auch dort unten irgendwo, und da habe sie einen äh ... etwas gesehen, dass wie ein schwarzer Affe ausgesehen hat.

I: Ein Affe?

R: Ja, die war überzeugt dass ... also so hat die das geschildert: auf einem Regal saß irgendwas das wie ein schwarzer, kleiner Affe aussah. Und ... der hat sie dann wohl angeschaut. Und die kam dann damit zu mir.

I: Und war da was dran?

R: Zumindest ist der Affe oder dieses affenähnliche Wesen nie mehr aufgetaucht (lacht). Aber ich denke, die hat einfach die Bibliothekskatze gesehen, die war auch schwarz. Und vielleicht ist die irgendwie so dagesessen dass sie affenähnlich aussah.

I: Ach so, ähm wegen der Katze. Die Frau Seiler meinte dass die Katze in bestimmte Bereiche nicht reingeht, dass die sich da richtig sträubt.

R: Ich wüsste nicht, dass die Katze irgendwo nicht hingeht. Die geht dorthin, wo sie was zum Fressen findet.

I: Mhm, also hat die da keine Scheu?

R: Nicht dass ich wüsste.

I: Ähm, also Sie haben im Grunde nichts erlebt, wo Sie sagen würden: Das ist unerklärlich, oder...

R: Ja, also was heißt unerklärlich? Nur weil man was nicht erklären kann, ist es nicht unerklärlich. Es gab ein Ereignis in meiner Zeit, das war jetzt vor circa sechs Jahren, das auf jeden Fall seltsam ist.

I: War das das mit dem Diebstahl?

R: Äh, ja, im entfernten Sinne.

I: Da hatten Sie schon am Telefon...

R: Ja, man könnte sagen, es geht um Diebstahl. Und deswegen habe ich mich eigentlich bei Ihnen gemeldet und gesagt, dass ich mitmache. Ich versuche das einfach mal zu erzählen und Sie fragen nach, falls etwas unklar sein sollte.

I: Okay.

R: Also, wie gesagt, dass Sachen weg kommen, dass vielleicht auch Leute organisiert Sachen stehlen, das ist ein Problem, dass Sie in jeder öffentlich zugänglichen Bibliothek haben können. Und man kann den Studenten noch so oft sagen, sie sollen nicht ihre Sachen irgendwo liegen lassen und Kaffee trinken gehen, sie machen es trotzdem. Und teils liegen auch relativ wertvolle Dinge herum, Mobiltelefone oder sogar Schmuck.

I: Also es wurden eben Sachen gestohlen?

R: Ja, allerdings nicht mehr als anderswo auch ... darum geht es nicht. Dass teure Sachen gestohlen werden, das ist ja nachvollziehbar. Das Teuerste, was ich mitbekommen habe, war einmal ein Notebook für über 4000 Mark, das war noch zu D-Mark Zeiten. Und dann melden sich die Studenten eben bei uns und sind ganz verzweifelt. Aber wir können ja meist auch nichts machen. Und wie gesagt, das ist irgendwo normal, dass in so einer großen Einrichtung auch gestohlen wird, also Mobiltelefone, Brieftaschen, technische Geräte. Aber worauf ich hinaus will: Es gab vor sechs Jahren, vor ungefähr sechs Jahren, so eine seltsame Häufung. Damals meldeten sich relativ viele Studenten bei uns, denen etwa aus den Brieftaschen gestohlen wurde.

I: Also Geld oder...

R: Nein, eben nicht. Das war ja das Interessante. Über vielleicht drei Monate hinweg haben sich immer wieder Studenten gemeldet dass sie Fotos vermissen.

I: Fotos?

R: Ja, also viele Leute tragen ja Fotos von Angehörigen oder Freunden mit sich, meistens in der Brieftasche oder manchmal auch als Schlüsselanhänger. Ich selbst habe auch Fotos meiner Kinder und Enkelkinder. Und in eben diesen drei Monaten haben sich Leute beschwert dass diese Bilder gestohlen wurden. Zum Beispiel hat jemand seine Jacke über einen Stuhl gehängt, in der das Portemonnaie war. Dann ging er sich ein Buch raussuchen und als er wiederkam, da lag das geöffnet auf dem Tisch und komischerweise war das Geld nicht angerührt und nur das Foto von seiner Freundin war weg. Und so kamen eben über diese drei Monate immer wieder Leute zu uns, denen so etwas passiert ist. Diesen Leuten wurden einfach Bilder aus der Brieftasche gestohlen ... beziehungsweise nicht nur aus Brieftaschen, auch von Schlüsselanhängern oder aus irgendwelchen Heften, in denen diese Bilder eingeklebt waren.

I: Ähm, wie viele Leute waren das ungefähr?

R: Ich selbst habe das von vielleicht 10 Leuten mitbekommen. Das ist nun nicht so viel ... es fiel mir aber auf weil so etwas ist ja ungewöhnlich. Und andere Kollegen hatten eben auch solche Meldungen.

I: Und was waren das für Fotos, also nur von ähm ... Angehörigen?

R: Von Freunden, Angehörigen, Ehepartnern. Durchweg Menschen: Männer, Frauen, Kinder, auch Babys.

I: Ich hab gerade gedacht: Wenn 10 Leute sich melden, dann ist das wahrscheinlich noch viel mehr Leuten passiert. Man denkt ja vielleicht zuerst: Das Foto ist irgendwie rausgerutscht oder...

R: Ja, das wird so sein, darauf komme ich noch. Manche haben es sicher gar nicht gemerkt, dass ein Bild fehlt. Und die Brieftaschen wurden ja nicht gestohlen, es wurden nur die Bilder rausgenommen. Ich denke, gemeldet haben sich in erster Linie diejenigen, die ihre Brieftasche offen vorgefunden haben und dann eben auch genau geschaut haben, was fehlt.

I: Wahrscheinlich haben viele auch gedacht: Gott sei dank, das Geld ist noch da ...und vielleicht die fehlenden Fotos nicht einmal bemerkt.

R: Das kann natürlich sein.

I: Sie meinten, das ging so drei Monate?

R: Ja, genau. Und dann hörte das auch auf. Dann waren wieder die normalen Diebstähle oder Verluste die Regel.

I: Und ähm, haben Sie irgendeine Erklärung...

R: Darauf wollte ich noch zu sprechen kommen. Aber zunächst, also wenn so etwas passiert, dann denkt man eben: Vielleicht ist das jemand mit etwas abwegigen Vorlieben, also wie man sagt: pervers. Jemand, der diese Bilder stiehlt um damit irgendeine Befriedigung zu erlangen.

I: So im sexuellen Sinne?

R: Was heißt sexuell? Also zumindest jemand, dem der Besitz dieser Bilder irgendein Vergnügen verschafft ... beziehungsweise die Aneignung dieser Bilder. Es existieren ja die verschiedensten Vorlieben. Aber es war dann einfach so, dass dieses Verschwinden von Fotos dann aufgehört hat und dann hatte sich das Thema eben auch recht schnell erledigt.

I: Ich wollte noch mal fragen: Wie sind diese Fotos verschwunden? Also lagen dann meistens die äh Brieftaschen geöffnet da?

R: Teils ... das war teilweise so. Aber es gab auch ein paar Fälle, da meinten Studenten, sie hätten sich nur in ihr Buch vertieft oder kurz die Augen zugemacht und das hätte schon ausgereicht. In der kurzen Zeit wurde schon ein Bild entwendet.

I: Auch so direkt aus der Hosentasche? Also so den Geldbeutel...

R: Nein, nicht dass ich wüsste. Das würde man ja auch merken. Aber eben dass besagte Studenten dann plötzlich bemerkt hatten, die Brieftasche, die ja die ganze Zeit neben ihnen lag, war plötzlich offen oder ... aus dem Schlüsselanhänger fehlt plötzlich das Bild. Also alles in sehr kurzer Zeit und völlig unbemerkt. Und dann kamen eben die Studenten und haben gesagt, dass in der Bibliothek gestohlen wird.

I: Aber es gab keine Berichte, dass mal jemand gesehen wurde, der sich irgendwie... keine Ahnung, mal an ner Jacke zu schaffen gemacht hat?

R: Nein, nicht dass ich wüsste, nicht in dem Zusammenhang. Um ein bisschen weiterzukommen in der äh ... Schilderung ... Wie gesagt: Das mit dem Diebstahl von Fotos hörte dann auf und das Thema geriet in Vergessenheit. Es tauchten auch keine Fotos auf, es wurde nichts gefunden. Und etwa ein Jahr nach diesen Ereignissen hatten wir verschiedene Wartungsarbeiten in der Bibliothek. Also es waren eben Handwerker und äh ... Installateure und Elektriker da, die Verschiedenes überprüft und auch behoben haben. Und ich selbst war da in gewissem Sinne für die Koordination zuständig, also dafür zu sorgen, dass der Betrieb durch diese Arbeiten möglichst wenig gestört wird. Und so habe ich eben mit diesen ganzen Handwerkern auch zu tun gehabt. Und eines Tages, das war an einem Freitag, da kommt ein Elektriker zu mir und fragt, ob ich Zeit hätte. Er wolle mir etwas zeigen. Ich habe eigentlich keine Zeit und will wissen, was denn so wichtig ist. Und er meint nur, ich solle mir das selbst anschauen, er wisse damit nichts anzufangen.

I: Hört sich fast unheimlich an.

R: Ja, möglicherweise war es dem Mann auch unheimlich. Jedenfalls führt er mich hinunter in die Bibliothek und vielleicht kennen Sie das: Es gibt auf einigen Stockwerken solche Luken im Boden, die sich mit einem bestimmten Schlüssel öffnen lassen. Und diese Luken verdecken eben äh ... wie soll ich sagen? Solche ähm Versorgungsschächte, einfach Schächte oder Rohre, in denen dann Stromkabel laufen oder für die Computer irgendwelche Verbindungen, oder auch Wasserrohre oder was auch immer. Und dieser Mann, der hatte an solch einem Schacht zu tun...

I: Ähm, wo war dieser Schacht? Oder wo ist der?

R: Der war auf ... äh ... der war nicht auf S3, der war wenn Sie von S3 rüber gehen in den Bereich, der dann zum Beispiel Philosophie beherbergt.

I: In diesem Gang?

R: Dort ist ein Gang, dort ist aber auch noch ein etwas größerer Raum, in dem auch Kopierer stehen. Wenn Sie dort mal schauen, dann müssten Sie diese Luke eigentlich finden. Und jedenfalls öffnet dieser Mann diese Luke und will, dass ich mal hineinschaue. Er leuchtet mir mit der Taschenlampe und ich beug mich drüber und zunächst sehe ich nur verschiedene Kabel und Rohre, also rote, schwarze ... und das ist ja auch ein relativ enger Kanal, der so senkrecht nach unten geht. Und trotz der Taschenlampe verstreut sich dann das Licht. Und als ich dann allerdings genauer hinschaue, sehe ich in etwa zwei Meter Tiefe eine Art Plattform, eine Metall-Plattform, vielleicht 60 mal 60 Zentimeter, auf der man auch stehen könnte. Und auf dieser Plattform sind ganz viele kleine Rechtecke und zunächst erkenne ich das nicht richtig, dann aber sehe ich, das sind hunderte von Fotos.

I: Mhm, und die lagen einfach...

R: Also die lagen nicht durcheinander, nicht irgendwie auf einen Haufen geworfen, keineswegs. Diese Fotos waren alle fein säuberlich angeordnet, so dass sie eine Art äh ... gleichmäßiges Viereck bildeten. Und das waren so viele, dass sie diese Plattform auch fast ausfüllten. Und auf allen diesen Bildern waren Gesichter, also Menschen. Das waren Hunderte.

I: Und das waren dann diese Bilder, die ein Jahr vorher verschwunden waren?

R: Ich kann mir das nicht anders erklären, ich wüsste nicht wo diese Fotos sonst herkommen sollten.

I: Wie haben Sie dann reagiert als Sie das gesehen haben?

R: Zunächst einmal so: „Das gibt es doch nicht". Und ich glaube, der Elektriker und ich, wir haben uns nur angeschaut und keiner wusste so recht, was das zu bedeuten hatte. Und natürlich war es mir in dem Moment dieser Entdeckung nicht wohl. Dieser Anblick hatte etwas Unheimliches. Sie müssen wissen, dieser Schacht war so eng, da kann man nicht einfach runtersteigen. Man müsste zunächst irgendwelche Kabel entfernen oder ähm ... an die Seite machen. Und dann bräuchte man so etwas wie eine Strickleiter. Und natürlich ist der Zugang nicht so einfach möglich, man benötigt ja einen speziellen Schlüssel.

I: Also, da kann man nicht einfach runtersteigen, auf diese Plattform?

R: Nein, kann man nicht. Es ist im Grunde ausgeschlossen dass jemand über Monate hinweg – und das, ohne bemerkt zu werden – diese Fotos an sich nimmt und sie dann dort, auf dieser Plattform, fein säuberlich ausbreitet.

I: Aber es gab oder gibt ja Leute, die diesen Schlüssel haben.

R: Ja. Aber das sind Wenige. Und außerdem müsste jemand, der dort nach unten will, sehr wendig und auch sehr schmal gebaut sein. Sie zum Beispiel, Sie würden da stecken bleiben. Jemand, der breite Schultern hat oder auch nur normal gebaut ist, der kommt da fast nicht durch. Und eigentlich müsste man auch Hilfe haben oder eben eine Strickleiter die man auch irgendwo festmachen muss. Und natürlich Licht, ist ja dunkel dort unten. Ähm und was noch dazu kommt: Wenn Sie dort hinunter steigen, dann können Sie nur auf der Plattform zum stehen kommen. Und wie wollen Sie diese ganze Plattform mit Bildern bedecken, wenn Sie darauf stehen?

I: Also im Grunde...

R: ...im Grunde ist mir das unerklärlich.

I:: Aber Sie meinten vorhin, dass nicht die ganze

Plattform bedeckt war, ähm...

R: Fast die ganze, am Rand waren vielleicht noch zwei Zentimeter. Es wäre jedenfalls eine akrobatische oder äh ... geschicklichkeits-technische Meisterleistung, dort hinunter zu steigen und diese Bilder dermaßen akkurat anzuordnen. Es ist mir unerklärlich.

I: Was hat dieser Elektriker dazu gesagt, also mit dem Sie dort waren?

R: Ihm war das Ganze genau so rätselhaft wie mir. Der wollte das dann auch einfach an mich übergeben, damit er sich nicht ... da keine Gedanken machen muss. Und äh ... das war ja auch nicht seine Angelegenheit. Der Mann war ja nicht von der Bibliothek.

I: Was ist dann passiert? Wurden die Bilder dann rausgeholt?

R: Nein, wurden sie nicht. Zunächst einmal hatte dieser Mann, mit dem zusammen ich mir das anschaute, wie gesagt ... wenig Lust dort hinunter zu steigen. Kann ich nachvollziehen. Und schließlich waren das hunderte von Bildern. Stellen Sie sich den Aufwand vor, diese wieder den ähm ... korrekten Besitzern zurück zu geben. Da hätten wir zusätzliches Personal einstellen müssen.

I: Was denken Sie, wie viele Fotos waren das? also nicht genau, aber...

R: Ich würde schätzen dreihundert. Sie müssen bedenken, das sind größtenteils so kleine Bilder, wie man sie in der Geldbörse trägt. Teils kleiner als Passfotos.

I: Mhm, das heißt die liegen noch dort unten auf diesem Podest?

R: Höchstwahrscheinlich. Natürlich weiß ich nicht, was in den Jahren passiert ist, in denen ich nun schon im Ruhestand bin. Aber zu meiner Zeit wurde der Schacht meines Wissens nicht mehr geöffnet.

I: Mussten Sie das nicht irgendwie melden?

R: Zunächst habe ich den Elektriker, also denjenigen der mir das gezeigt hat, gefragt, ob er noch irgendwas in diesem Schacht zu tun hat. Dann könne er die Fotos ja rausholen. Ansonsten könnte man ja wieder zumachen und das vorerst einfach beiseite lassen. Er war für Zweites. Ich denke, er hat das dann für sich behalten und ich ebenso. Sie sind übrigens erst der dritte Mensch, dem ich davon erzähle.

I: Wer waren die ersten beiden?

R: Mein Mann und mein direkter Vorgesetzter an der Universität. Meinem Mann hab ich das noch am gleichen Tag erzählt und der wusste auch nichts damit anzufangen. Ich bin dann etwa eine Woche später zu meinem Chef gegangen und hab ihn nach seiner Meinung gefragt. Er meinte auch, das wäre zu viel Aufwand, diese Fotos ihren Besitzern zurück zu geben. Und mittlerweile sind ja die Studenten, denen diese Bilder gestohlen wurden, längst mit dem Studium fertig. Die meisten Fotos waren ja wohl von Studenten. Das interessiert ja keinen mehr. Was würde es bringen, die Fotos rauszuholen?

I: Es wäre vielleicht interessant, noch mal nachzu-

schauen. Also ob die Bilder noch dort sind.

R: Und wenn nicht? Wäre man dann schlauer?

I: Man könnte sich Gedanken machen...

R: Man kann sich auch zu viele Gedanken machen. Wie gesagt: Es ist extrem unwahrscheinlich, dass jemand solch eine aufwändige Aktion unternimmt, diese hunderten Bilder stiehlt und dort unten anordnet. Aber die Bilder waren natürlich da. Mir selbst ist das unerklärlich und Sie können das jetzt deuten wie Sie möchten.

I: Ich nehm das einfach mal so zur Kenntnis, ohne viel zu deuten.

R: Wissen Sie, ich erzähle Ihnen das genau so, wie ich das erlebt habe. Ich will Ihnen hier keine Gespenstergeschichte auftischen oder irgendwie sagen: „Oh wie war das spannend und oh wie war das unheimlich." Das ist so passiert wie ich das berichtet habe und ich bin danach wieder zur Tagesordnung übergegangen und habe nicht mehr viele Gedanken daran verschwendet.

I: Es war Ihnen dann auch nicht unheimlich zumute, so mit dem Erlebnis ... äh...

R: Das tut ja nichts zur Sache, wie es mir dann ging. Wichtig ist ja, was passiert ist. Gut, wenn man so in diesen dunklen Schacht hinunterschaut und dann im Licht der Taschenlampe diese vielen Gesichter auftauchen, dann hat man sicher ein komisches Gefühl. Aber wie gesagt: Das wurde wieder zugemacht und das war's dann auch. Ich hab mich nicht mehr befasst mit der Sache.

I: Und das war das einzige Erlebnis in dieser Art?

R: Ja, in den zwanzig Jahren war das das Merkwürdigste. Alles andere hat sich irgendwie geklärt. Sicherlich könnten Sie von anderen Mitarbeitern, die da anders veranlagt sind, noch ganz andere Geschichten hören über die Bibliothek. Aber da bin ich die falsche Ansprechpartnerin ... Möchten Sie noch einen Kaffee?

I: Ja gerne, ähm das war's dann eigentlich auch schon.

R: Gut, hoffe ich konnte Ihnen etwas weiterhelfen

I: Ja, auf jeden...

[Ende der Aufnahme]

Nach dem Interview bin ich noch ca. 10 Minuten bei Frau Pesch. Ich bitte sie, bei ihren ehemaligen Kollegen nachzufragen, ob jemand etwas Seltsames in der Bibliothek erlebt hat und bei einem Interview mitmachen würde. Aber Frau Pesch meint nur, sie habe nicht mehr viel Kontakt und ich solle doch einfach selbst Mitarbeiter der Bibliothek ansprechen. Es scheint mir, als betrachte sie die Sache als „abgehakt", als habe sie keine große Lust, sich weiter mit der Bibliothek bzw. dem, was darin passiert, zu befassen. Ich trinke aus und lasse Frau Pesch in Ruhe.

23. Lukensuche

Montag, 14. April 2008: Kurz nach 19 Uhr bin ich auf S3. Ich setzte mich an einen der Tische, klappe meinen Laptop auf und bastle an meiner Dissertation. Wie meistens ist es ruhig, kaum andere Menschen, nur ab und zu jemand an einem der Kopierer, die etwa 10 Meter links von meinem Platz stehen. Eigentlich gute Arbeitsvoraussetzungen. Aber irgendwie gefällt es mir hier immer weniger. Ich spiele wieder mit dem Gedanken, in einen anderen Bereich zu wechseln.

Nicht dass ich Angst hätte. Ich erwarte nicht, dass sich eine unsichtbare Hand auf meine Schulter legt oder mir über den Kopf streicht. Ich war bestimmt schon hundert Mal hier unten und nie habe ich etwas Unheimliches erlebt. Aber heute gefällt es mir hier einfach nicht, ich mag die Atmosphäre nicht. Meine Hände sind kalt und irgendwie ist nicht genug Licht da. Dieser Bereich hat etwas Ungemütliches und trotzdem bin ich fast am Einschlafen. Ich kann mich nicht konzentrieren, meine Gedanken schweifen ab, die Arbeit geht viel zu langsam voran und ich habe das Gefühl, dummes Zeugs zu schreiben. Wahrscheinlich werde ich alles wieder löschen.

Vielleicht habe ich mittlerweile doch zu viele Interviews geführt und zu viele Gruselgeschichten gehört. Vielleicht ist es mir doch unheimlich hier unten. Vielleicht habe ich doch Angst und will es mir bloß nicht eingestehen. Jedenfalls bin ich in einer seltsamen Verfassung, gleichzeitig müde und angespannt. Mir ist unbehaglich zumute und trotzdem könnte ich einfach die Augen zumachen und einschlafen. Ein komischer, unvertrauter Zustand.

Gegen 21 Uhr nehme ich die Hände von der Tastatur. Es läuft einfach nicht. Ich speichere ab, fahre den Computer herunter, stehe auf und klemme mir das Gerät unter den Arm. Die Maus lasse ich liegen, das abgegriffene Ding klaut schon keiner. Dann gehe ich die Luke suchen, von der Frau Pesch erzählt hat. Irgendwo zwischen S3 und dem Philosophie-Bereich müsste sie sein. Öffnen werde ich sie wahrscheinlich nicht können, Frau Pesch meinte ja etwas von einem „speziellen Schlüssel".

Ich gehe den Raum ab, in dem die Luke sein müsste und finde auch einige Klappen, die in den Boden eingelassen sind. Allerdings ist keine so groß, als dass sich jemand hindurchzwängen könnte. Diese Luken kann Frau Pesch nicht gemeint haben. Ich suche weiter und entdecke eine etwas größere Luke in einer hölzernen Wandverkleidung, fast schon eine Tür. Wahrscheinlich liegen dahinter irgendwelche technischen Einrichtungen. Aber ich bin mir sicher, dass Frau Pesch von einer Öffnung im Boden sprach.

Versuchsweise mache ich mir an einer der kleinen Luken im Boden zu schaffen. Der Deckel ist mit einer Art Drehverschluss gesichert, man braucht keinen besonderen Schlüssel. Ich nehme den Deckel ab aber darunter ist kein Schacht sondern nur irgendein Ventil, das von einer Schicht aus Staub und Öl bedeckt ist. Keine Ahnung, wozu das gut ist. Als ich Schritte höre, lege ich den Deckel zurück in die Vertiefung, nehme mein Notebook, stelle mich zwei Meter weiter an ein Bücherregal und tue so, als würde ich irgendetwas suchen. Eine ältere Frau geht vorbei, einige Bücher im Arm. Als ihre Schritte kaum noch zu hören sind, gehe ich zurück und schraube den Deckel fest.

Nein, das hier kann Frau Pesch nicht gemeint haben. Es muss irgendwo eine größere Öffnung im Boden geben. Ich sehe mich weiter um und tatsächlich finde ich etwas, eine feine Unterbrechung im Teppichboden, leicht zu übersehen. Eine Quadrat zeichnet sich ab, etwa 60 mal 60 cm. Darunter könnte etwas sein. Aber ich kann nichts finden, mit dem diese Luke – ich gehe davon aus, dass es eine Luke ist – zu öffnen wäre. Kein Schlüsselloch, auch kein Griff der sich hochklappen ließe, auch keine Scharniere oder sonst irgendetwas, das hervorsteht und das man greifen kann. Nur eine quadratische Unterbrechung in dem braunen, harten Teppichboden.

Ich bin ganz still, will sichergehen dass niemand in der Nähe ist. Dann knie ich mich hin und versuche, mit den Fingern in den Spalt zu kommen. Aber er ist einfach zu schmal, keine Chance. Mir fällt das Taschenmesser ein, das ich immer dabei habe. Damit versuche ich es jetzt. Die Klinge bekomme ich in den Spalt aber die Luke ist zu schwer, ich kann sie nicht anheben. Wenn ich es mit mehr Kraft versuche, dann bricht wahrscheinlich die Klinge ab.

Ich könnte eine der Buchstützen aus einem der Regale nehmen. Die sind aus Metall und sie müssten dünn genug sein um in den Spalt zu kommen. Aber selbst wenn ich dieses teppichbeklebte Viereck anheben könnte: Würde das etwas bringen? Ich habe keine Taschenlampe dabei und das Display meines Handys liefert wahrscheinlich nicht genügend Helligkeit. Sollte sich vor mir ein Schacht auftun, ich würde doch nichts sehen. Und außerdem hat Frau Pesch ja von einem Spezialschlüssel gesprochen, den man braucht. Vielleicht würde ich ja nur auf eine neue Luke stoßen, würde doch nicht weiterkommen.

Ich bin schon auf dem Weg zurück zu meinem Platz, als mir noch etwas einfällt. Ich gehe zurück zu dem Quadrat im Boden, stelle mich drauf und springe ein paar mal. Dann gehe ich einen Meter zur Seite und springe auch hier. Ich glaube, es hört sich unterschiedlich an, auf dem Quadrat irgendwie „hohler". Aber es ist kein großer Unterschied, vielleicht bilde ich mir das nur ein. Dann stelle ich mich mit einem Fuß auf das Quadrat und lasse den anderen draußen, auf „festem Grund". Ich versuche, das Quadrat mit dem Fuß zu verschieben, ich will sehen, ob es sich bewegt. Aber ich merke nichts, absolut keine Bewegung. Ich sehe mich um, nur um sicherzugehen dass niemand kommt. Dann knie ich mich hin, lege meine Hände flach auf das Viereck und schiebe noch einmal. Ich glaube, es hat sich leicht bewegt. Wahrscheinlich ist es eine Luke, wahrscheinlich ist da irgendetwas drunter. Ich drücke beide Hände auf das Viereck und ziehe. Wieder glaube ich, eine Bewegung zu spüren. Jetzt bin ich mir fast sicher. Das ist nur aufgelegt, man muss es irgendwie anheben können. Vielleicht doch so eine Buchstütze, die irgendwie in den Spalt zwängen und...

Plötzlich hinter mir eine Stimme:

„Ist das eine Art Gebet, das Sie da verrichten?"

Ich drehe mich um, ein Mann mittleren Alters, etwa drei Meter hinter mir. Der Kleidung nach ein Dozent oder wissenschaftlicher Mitarbeiter. Er grinst mich an und sein Grinsen stört mich.

„Ja, was dagegen?"

Die Schärfe meiner Stimme überrascht mich selbst. Und überrascht wirkt auch er.

„Nein, Nein, machen Sie nur weiter. Ich wollte nur sichergehen dass Sie keine Hilfe brauchen."

Er schaut mich an, etwas irritiert und auch ein bisschen amüsiert. Dann schüttelt er den Kopf, dreht sich um und geht weg. Ich stehe auf, klemme mir mein Notebook unter den Arm und gehe zu meinem Platz zurück. Sowieso habe ich keine Taschenlampe dabei. Vielleicht versuche ich es morgen Abend noch einmal, dann aber richtig ausgerüstet. Ich brauche einen stabilen Schraubenzieher zum Aufhebeln der Luke und natürlich eine Taschenlampe. Vielleicht warten da unten die vielen Gesichter auf mich, bei deren Anblick es sogar Frau Pesch unheimlich war.

24. Nachts

Dienstag, 15.April 2008: Kurz nach 22 Uhr bin ich zuhause. Ich esse etwas, putze meine Zähne, schau mir noch irgendeinen Quatsch im Fernsehen an und gehe ins Bett. Nach ungefähr einer halben Stunde sehe ich ein, dass ich nicht schlafen kann. Also aufgestanden und etwas getan. Ich weiß, dass ich irgendwo noch einen großen, alten, mit weißer Farbe verschmierten Schraubenzieher habe. Der müsste ideal sein, mit ihm sollte sich dieser Lukendeckel herausstemmen lassen. Aber ich finde das verdammte Ding nicht und so packe ich einen kleineren mit Gummigriff ein. Vielleicht tut es auch der. Bei meiner Taschenlampe – eine kleine aber helle mit LEDs – muss ich die Batterien wechseln. Ich lege sie in meinen Rucksack zu dem Schraubenzieher.

Jetzt wieder ins Bett, noch ein bisschen lesen. Gegen zwölf muss ich die Augen mit Gewalt offen halten. Ich lege das Buch weg und mache das Licht aus. Und ich träume:

Das ist eindeutig die Bibliothek. Alles sieht ganz anders aus, es gibt auch kaum Bücher. Aber es ist eindeutig die Bibliothek. Sie besteht aus hunderten von Räumen, die durch umständlich gewundene Gänge verbunden sind. Es ist völlig unmöglich, sich hier zurecht zu finden und trotzdem finden sich alle problemlos zurecht.

Ganz selbstverständlich durchquere ich die langen Korridore, weiß immer genau, wann ich wo abbiegen muss. Das Ganze ist ein einziges gewaltiges Labyrinth und ich kenne mich darin aus. Während ich die Gänge entlang laufe, komme ich an Metallschränken vorbei, die in die Wände eingelassen sind. In diesen Schränken sind Gewehre, alte Jagdgewehre mit Schulterstützen aus Holz. Aber diese Schulterstützen sind nicht richtig befestigt und wenn man ein Gewehr in die Hand nimmt, dann bricht es sofort auseinander. Man kann damit eigentlich nicht schießen weil man nicht gleichzeitig zielen, den Auslöser betätigen und die Schulterstütze mit dem Rest des Gewehrs zusammenhalten kann. Aber das kommt mir überhaupt nicht komisch vor, das ist einfach so.

Ich gehe zahllose Korridore entlang, biege um zahllose Ecken und bin dann auf S3. Es sieht völlig anders aus... aber es ist S3. Hier stehen auch Regale mit Büchern und wegen einem bestimmten Buch bin ich auch hier. Leider befindet sich dieses Buch im hinteren Teil des Raumes, gleich beim Abgrund. Und in diesem Abgrund ist eine Art Strudel, ein Wirbel, in den man hineingesogen werden kann. Zwar wissen alle, dass man vorsichtig sein muss und nicht zu nahe heran darf, aber trotzdem verschwindet ab und zu jemand in diesem Wirbel, wird einfach hineingerissen. Das ist einfach so.

Die Zeit macht einen Sprung und jetzt bin ich im hinteren Teil des Raumes. Das Buch steht in einem der Regale, die genau am Abgrund liegen. Ich ärgere mich, gehe aber direkt zum Rand und fühle, wie es mich anzieht. Mit der rechten Hand halte ich mich an einem anderen Regal fest, mache mich lang und kann so mit dem linken Arm das Buch erreichen. Es ist verdammt schwer und als ich es herausziehe, da kann ich es nicht halten. Mein Arm fällt herunter, fast komme ich aus dem

Gleichgewicht. Aber ich bin ja mit dem anderen Regal verbunden, mir passiert ja nichts. Und jetzt kann ich ja wieder weggehen von dem Wirbel, das Buch habe ich ja.

Als ich schon einige Meter vom Abgrund entfernt bin, da merke ich, dass ich nicht weiterkomme. Der Boden ist abschüssig und während ich vom Abgrund weglaufe, rutsche ich gleichzeitig in seine Richtung. Ich will mich irgendwo festhalten aber da ist nichts Festes, alles ist plötzlich in Bewegung. Der Raum neigt sich und ich rutsche in den Abgrund, werde vom Wirbel erfasst und eingesogen. Es geht sehr schnell, er hat gewaltige Kraft.

Jetzt stehe ich völlig still und es ist ganz ruhig. Wie im Weltall, wie im luftleeren Raum. Unter mir sind tausende von Menschen. Ich sehe sie nicht. Aber ich weiß, dass sie da sind. Und jetzt gerät mein Körper langsam wieder in Bewegung, der Strudel arbeitet, es wird lauter, ein Rauschen wie von einem Wasserfall. Jetzt geht es tiefer hinunter, hinab zu den vielen Menschen. Auf einmal merke ich, dass ich nicht alleine bin. Neben mir steht jemand, ganz nah, nur wenige Zentimeter von mir entfernt. Er bewegt sich mit mir, bleibt immer neben mir. Ich drehe den Kopf und schaue in ein großes, völlig weißes Gesicht. Kein Körper, nur ein Gesicht. Es öffnet den Mund und schreit mich an.

Verdammte Scheiße! Ich reiße die Augen auf und starre hellwach ins Halbdunkel. Deutlich höre ich meinen Herzschlag während ich das unscharfe Grau meines Zimmers absuche. Was zum Teufel erwarte ich? Dass ich noch einen Fetzen meines Albtraums sehe, der im Zimmer herumschwirrt? Ich taste nach meiner Brille, plötzlich ein lauter Schrei, wie von einem Säugling. Fast panisch suche ich den Lichtschalter, wische meine Brille vom Nachttisch.

Es dauert einige Sekunden bis ich begreife: Das sind die

verdammten Katzen! Die Viecher sind wieder auf dem Dach, wahrscheinlich direkt vor meinem Fenster. Und dort tragen sie ihre Revierkämpfe oder Paarungskämpfe oder was auch immer aus. Und wenn so eine Katze schreit, dann hört sich das an wie von einem Kind. Das kenn ich doch, ich wohne doch schon fast sieben Jahre im Dach. Noch ein Schrei, diesmal leiser und mehr Katze als Kind, dann schnelles Getrappel. Eines der Mistviecher macht sich aus dem Staub, wahrscheinlich steht der Sieger fest.

Ich stehe auf und gehe aufs Klo. Ich sitze einfach da, die Lüftung springt an und ich lausche dem leisen Klackern der Lamellen. Verdammt, jetzt träume ich schon von S3. Eindeutig war das S3, ich war mir ja ganz sicher in meinem Traum. Wahrscheinlich brauche ich Abstand. Also vorerst keine Interviews mehr, keine Zettel mehr aushängen, auch keine Mitarbeiter ansprechen. Ich stehe auf und wasche mir das Gesicht, trinke eine halbe Flasche Mineralwasser. Den Schraubenzieher und die Taschenlampe nehme ich wieder aus meinem Rucksack.

Dann zurück ins Bett, das Licht lasse ich an. Ich werde mir so eine Spritzpistole kaufen, so ein Riesending, wie es Kinder seit ein paar Jahren haben, eher Maschinengewehr als Pistole. So was zum Pumpen, wo das Wasser mit richtig Druck rausschießt. Dann können die Katzen was erleben. Ich weiß nicht wann ich zuletzt solche Angst hatte.

25. Pause

Montag, 21. April 2008: Ich habe mir doch kein Spritzgewehr gekauft. So oft kämpfen die Katzen auch nicht vor meinem Fenster. In fast sieben Jahren hat mich ihr Geschrei nur vier oder fünf Mal geweckt. Nicht oft genug, um Krieg zu führen. Wahrscheinlich würde ich sie doch nicht erwischen. Außerdem finde ich die Vorstellung lächerlich, nachts mit einem Plastikgewehr auf Katzengeräusche zu lauern, dann aufzuspringen, das Dachfenster aufzureißen, mich hinauszulehnen und H2O in die Dunkelheit zu schießen. Sollen sie ihre seltenen Kämpfe doch ausfechten.

Auf S3 war ich die ganze Woche nicht, momentan arbeite ich drei Etagen höher und in einem anderen Trakt der Bibliothek. Dort ist es voller und lauter, dafür aber auch heller und wärmer. Ich sitze an einer großen Fensterfront, habe eine Steckdose für meinen Laptop – das Gerät ist schon ein paar Jahre alt und der Akku schwächelt – und kann die Leute beobachten, die draußen vor dem Fenster ihre Zigaretten rauchen. Seit einiger Zeit nennt sich die Universität „rauchfrei" und auf hunderten von Schildern wird aufs Rauchverbot hingewiesen. Der Zeitgeist mag die Raucher nicht.

Mit meiner Doktorarbeit komme ich recht gut voran. Natürlich hab ich ab und zu Schreibblockaden und manchmal produziere ich schlicht dummes Zeugs, das ich kurz darauf wieder lösche. Aber es hält sich in Grenzen. Alles in allem wächst die Arbeit. Vielleicht ist es ganz gut, dass ich mich momentan nicht mit S3 beschäftige.

26. Traumdeutung

Dienstag, 22. April 2008: Heute Nacht um drei bin ich wieder aufgewacht, allerdings nicht vom Geschrei der Katzen. Es war völlig ruhig, als ich mich im Bett aufsetzte und nach meiner Brille tastete.

Ich habe wieder von S3 geträumt, das erste Mal seit Dienstag. Ich lief durch verwinkelte Korridore und an den Wänden waren wieder die Schränke mit den zerbrochenen Gewehren. Irgendwann kam ich in einen größeren Raum. Dort setzte ich mich auf den Boden und lehnte mich mit dem Rücken an eine graue Wand. Dann kam jemand zu mir und setzte sich neben mich. Ich weiß nicht, wie dieser Jemand aussah und ob er Frau oder Mann war. Solche Details kamen nicht vor. Mit diesem Jemand fing ich ein Gespräch an, ein Gespräch über S3. Wir sprachen relativ lange aber ich weiß nicht, was genau. Ich weiß nur, dass es um S3 ging. Im Traum sah ich mich von außen, wie durch eine Kamera, die über meinem Körper schwebt. Ich bekam mit, dass wir uns unterhielten aber eben nicht, worum es ging. Dann stand dieser Jemand auf und ging weg. Und dann wachte ich auf, allerdings nicht erschrocken, ich fuhr nicht hoch, hatte keine Panik. Ich wachte einfach auf und wunderte mich.

Ich bin kein Psychologe, ich habe keine Ahnung von Traumdeutung. Und ich weiß auch nicht, ob Traumdeutung in Psychologenkreisen heute noch ernst genommen wird. Vielleicht ist das mittlerweile eher Esoterikersache. Aber Gedanken mache ich mir natürlich. Schon die Tatsache, dass ich zweimal von S3 träumte, spricht ja dafür, dass mir das Thema – also die seltsamen Dinge, die angeblich auf S3 passieren – wichtig ist, dass mich diese Dinge beschäftigen, so sehr, dass sie mich in den Schlaf verfolgen.

Und es lassen sich ja leicht Ähnlichkeiten finden zwischen dem, was in meinen Träumen vorkam, und dem, was mir erzählt wurde. Die vielen gewundenen Korridore, durch die ich in beiden Träumen lief, lassen sich als Symbol für die Unübersichtlichkeit und Verworrenheit der ganzen Angelegenheit betrachten. Vielleicht stehen sie einfach für die Tatsache, dass ich nicht weiß, was ich von all den Geschichten halten soll, die ich gesammelt habe, dass ich mir nicht sicher bin, was wirklich auf S3 vor sich geht. Und die zerbrochenen Gewehre in den Wandschränken sind vielleicht einfach ein Symbol für Hilflosigkeit. Was soll man mit einem zerbrochenen Gewehr?

Den Wirbel wiederum, diesen Abgrund aus meinem ersten Traum, verbinde ich mit der Luke, unter der sich angeblich hunderte von Fotos befinden. In meinem Traum wusste ich ja, dass sich viele Menschen unter mir befinden, in diesem Wirbel. Und am gleichen Abend hatte ich ja versucht, eine Luke in der Bibliothek zu öffnen. Wäre ich etwas abergläubischer, ich könnte das Traumgeschehen – dieses hilflose Hineinrutschen in den Strudel – als Warnung deuten, als Aufforderung, es sein zu lassen, die Luke im Boden nicht zu öffnen. Und vielleicht habe ich meinen Traum unbewusst auch so verstanden. Warum sonst habe ich den Schraubenzieher und die Taschenlampe direkt wieder aus meinem Rucksack genommen? Warum sonst habe ich beschlossen, S3 erst mal in Ruhe zu lassen, keine weiteren Interviews zu führen und woanders zu arbeiten?

Was das Gesicht angeht, das ich im Strudel sah und das mich anschrie: Natürlich war es eine Reaktion auf die Schreie der Katzen, die ich im Schlaf hörte. Aber die Tatsache, dass es völlig weiss war und ich keine konkreten

Gesichtszüge erkennen konnte, spricht eben dafür, dass es irgendetwas Unidentifizierbares war, eine Art Geist oder Gespenst. Geister denkt man sich ja als blass und durchscheinend. Und auch das Fehlen erkennbarer Gesichtszüge passt. Traditionell stellt man sich Gespenster ja als etwas Schemenhaftes und Undeutliches vor.

Es gäbe noch viel herumzudeuten an den beiden Träumen. Aber wie gesagt: Mir fehlt der Glaube an die Aussagekraft von Träumen. Wahrscheinlich kann man da reininterpretieren, was immer man möchte. Sicher ist nur, dass mir S3 so wichtig ist, dass es mich auch im Schlaf nicht loslässt. Vielleicht kann ich das Ganze doch nicht einfach auf sich beruhen lassen, vielleicht muss ich zu irgendeiner Art von Ergebnis kommen, zu irgendeiner „Deutung" dessen, was mir erzählt wurde.

27. Ein Anruf

Donnerstag, 24. April 2008: Ich komme gegen 16 Uhr nach Hause, die Lampe an meinem Telefon blinkt. Ich höre die Nachricht ab, sie stammt von Achim. Mit ihm hatte ich mich vor fast einem Monat unterhalten. Er ist derjenige, der eine Zeit lang die Computer in der Bibliothek wartete und der mir von dem extrem lauten Ton aus den Lautsprechern erzählte.

Er sei, so Achim, vor kurzem „mit ein paar Kumpels" zusammengesessen und irgendwann, „nach n paar Bier", habe er von meinem S3-Projekt erzählt. Einer seiner Kumpels habe dann gemeint, sein Nachbar erzähle auch ab und zu von S3, dem sei auch schon Unheimliches passiert. Dieser Nachbar sei zwar ein „komischer Typ" aber vielleicht würde er bei einem Interview mitmachen. Falls ich noch an Geschichten zu S3 interessiert sei, dann könne ich seinen Kumpel direkt anrufen. Hier die Nummer: ...

Natürlich habe ich gerade nichts zu schreiben und Zahlenreihen konnte ich mir noch nie merken. Ich hole Stift und Papier, höre mir die Nachricht noch einmal an und notiere mir die Nummer. Dann höre ich die Nachricht ein drittes Mal ab, nur zur Sicherheit.

Eigentlich wollte ich mich ja vorerst nicht mehr mit S3 beschäftigen, keine Interviews mehr führen und sogar in einem anderen Bereich arbeiten, einfach Abstand gewinnen. Erst mal drüber schlafen, morgen kann ich immer noch entscheiden, ob ich Achims Bekannten anrufe.

Andererseits: Was soll's? Ich kann ja mal anrufen. Ob ich dann ein weiteres Interview führe, das kann ich immer noch entscheiden. Also die Nummer gewählt. Es meldet sich jemand mit „Hallo, hier Patrick" und ich erkläre Patrick, dass ich seine Nummer von Achim habe. Er wirkt zuerst etwas verwirrt aber als ich ihm sage, dass ich derjenige mit dem S3-Projekt bin, da weiß er Bescheid.

Patrick berichtet mir von seinem Nachbarn, einem etwas „verschrobenen" (Patrick selbst verwendet diesen Ausdruck) Typen. Mit diesem unterhalte er sich ab und zu im Treppenhaus, manchmal auch über die Bibliothek. Bestimmt hätte auch ich seinen Nachbarn schon mal in der Bibliothek gesehen, so Patrick, der sammle dort die leeren Pfandflaschen ein.

Ich habe schon mehrmals Leute gesehen, die in der Bib die Flaschen einsammeln, an jemand Bestimmten erinnere ich mich allerdings nicht.

Wie dem auch sei, jedenfalls könne sein Nachbar Einiges zu S3 erzählen. Und wenn ich wolle, dann würde er anfragen, ob er bei einem Interview mitmacht. Versprechen könne er aber nichts.

Ich bitte Patrick, den Kontakt herzustellen. Er will noch diese Woche mit seinem Nachbarn reden und sich dann wieder bei mir melden.

28. Herr Heim

Freitag, 25. April 2008: Kurz nach zwölf klingelt das Telefon, Patrick ist dran. Er hat sich mit seinem Nachbarn unterhalten und dieser will mitmachen. Am besten gleich heute Nachmittag. „Nicht dass er sichs noch anders überlegt."

Das ging schneller als gedacht. Ich hatte nicht damit gerechnet, dass Patrick sich heute schon meldet. Eigentlich habe ich schon etwas vor, aber das lässt sich verschieben. Patrick sagt mir, wo er wohnt und wo ich klingeln muss. Ich soll zuerst zu ihm kommen, er müsse mir noch „ein bisschen was" zu seinem Nachbarn sagen.

Gegen 15 Uhr bin ich bei der Adresse, die mir Patrick genannt hat. Er wohnt in der Innenstadt, selbstverständlich finde ich keinen Parkplatz und so wird es 15.20 bis ich vor seiner Tür stehe. Patrick lebt in einer WG, in einem alten, etwas heruntergekommenen Haus. Draußen blättert der Putz, im Vorgarten krümmt sich dickes Unkraut, die Klingelschilder sind kaum lesbar und im Flur riecht es nach gekochtem Gemüse. Ein Mitbewohner öffnet mir in Boxershorts. Patrick ist in der Küche und belegt einen Teigfladen mit Schinken und Ananas-Stücken. Das Ding ist bestimmt einen halben Quadratmeter groß.

„Heute Abend kommen ein paar Leute vorbei."

Ich frage Patrick, warum ich zuerst zu ihm kommen sollte. Er meint, sein Nachbar sei ein etwas zurückhaltender (er sagt das mit ironischem Unterton) Mensch. Er wohne nun schon fast vier Jahre hier, so Patrick, und im ersten Jahr habe der Typ überhaupt nicht mir ihm gesprochen, im zweiten habe er dann zumindest Hallo gesagt und erst vor ungefähr einem Jahr habe er angefangen, in ganzen Sätzen mit ihm zu reden. Mittlerweile sei ihm das Mitteilungsbedürfnis seines Nachbarn schon lästig. Bevor er rausgehe, schaue er manchmal durch den Spion, nur um ihm nicht in die Arme zu laufen.

Jedenfalls habe der Herr Heim – so sein Name – Vorbehalte gegenüber Fremden und: „Wahrscheinlich würde der dich gar nicht reinlassen, wenn ich nicht dabei bin."

Patrick weist mich noch darauf hin, dass mir Herr Heim wahrscheinlich einige Sachen zeigen wird, irgendwelches altes Spielzeug. Ich solle dann einfach „interessiert tun."

Die Pizza ist belegt und hat tatsächlich in den Ofen gepasst. Wir gehen hinüber zu Herrn Heim, seine Wohnung liegt auf der gleichen Etage. Patrick klopft an, keine Reaktion. Er klopft noch einmal, diesmal etwas lauter. Wieder nichts. Man hört aber den Fernseher. Dann ruft er: „Ich bin's, Patrick! Wegen dem Interview!"

Jetzt rührt sich etwas, ein Schlüssel dreht sich im Schloss und ein Riegel wird zur Seite geschoben. Uns gegenüber steht ein dünner Mann Mitte 50, er trägt einen verwaschenen, bräunlichen Jogginganzug und hat lange, halb ergraute Haare. Er wirkt unsicher, spricht leise und schaut dabei auf den Boden, gibt auch keinem von uns die Hand. Aber er bittet uns herein.

Noch nie war ich in so einer Wohnung. Sie wirkt wie ein Lager für Flohmarktware. Die Wände sind mit Regalen zugebaut, in denen sich Kartons stapeln. Auch auf dem Boden stehen Kartons aufgereiht. Herr Heim führt uns ins Wohnzimmer und ich kann einen Blick in einige der Kästen im Flur werfen. Einer, er hat etwa die doppelte Größe eines Schuhkartons, scheint nur mit „Mensch ärgere dich nicht"-Figuren gefüllt zu sein. In einem anderen stapeln sich bestimmt fünfzig alte Blitzgeräte.

Herr Heim setzt sich in einen alten Wohnzimmersessel und bedeutet uns mit einer verkrampft wirkenden Geste, auf der Couch Platz zu nehmen. Ich nehme Platz, Patrick nicht. Er entschuldigt sich mit der Pizza, die er im Ofen hat. Während sich Patrick verabschiedet, sehe ich mich im Zimmer um. Es ist klein und übervoll. Eine Wand ist komplett von alten Reklameschildern bedeckt: Werbung für Rasiercreme, Waschmittel, Backpulver und die neusten Autos, mittlerweile alles Oldtimer. Man erkennt nicht einmal, welche Farbe die Wand hat.

Direkt neben der Couch steht ein gewaltiger Röhrenfernseher, auf dem ein Turm aus kleinen, bunten Kartons aufgeschichtet ist. Ich weiß nicht, was diese Kartons enthalten, aber sollte der Turm fallen, er würde mich treffen. Patrick geht und ich rutsche ein wenig zur Seite, weg vom Fernseher.

Nun bin ich alleine mit Herrn Heim. Er wirkt immer noch zurückhaltend, abwartend. Ich bedanke mich bei ihm dafür, dass er bei meinem Projekt mitmacht und erkläre kurz, worum es mir geht. Herr Heim hört zu, stellt aber keine Fragen. Er vermeidet es, mir in die Augen zu sehen.

Als eine Pause eintritt, lehnt er sich langsam nach vorne – die Bewegung scheint ihm Mühe zu machen – und zieht unter dem Wohnzimmertisch einen großen, fleckigen Karton hervor. Aus dem Karton nimmt er mehrere Brettspiele und legt sie auf den Wohnzimmertisch. Er sei gerade dabei gewesen, das zu sortieren, so Herr Heim, deshalb habe er auch nicht gleich aufgemacht. Er erklärt mir, dass er diese Spiele sammelt und dass einige viel wert sind. Er finde sie auf Flohmärkten. Zwei kenne ich sogar: „Risiko" und „Spitz pass auf". Andere sind älter als ich, die Packungen gelb, aufgequollen und stockfleckig. Einige würden vom Beginn des letzten Jahrhunderts stammen. Auch aus der Nazizeit sind einige dabei, unschwer an Symbolik und Spielinhalt zu erkennen. Das Ziel eines dieser Nazi-Spiele ist die Eroberung Europas. Ich frage halb im Scherz, ob man bei diesem Spiel auch verlieren kann. Aber mein Gegenüber reagiert nicht auf die Frage. Noch etwa eine halbe Stunde zeigt mir Herr Heim seine Sammlung, ab und zu stelle ich Fragen und irgendwann habe ich den Eindruck, dass er etwas auftaut. Er schaut mir öfter in die Augen, ein paar Mal lacht er leise oder lächelt in sich hinein. Irgendwann beginnt Herr Heim, mir von seinen Erlebnissen in der Bibliothek zu erzählen. Ich höre zu, bitte ihn dann aber, vor dem Interview noch nicht zu viel zu verraten und packe mein Tonbandgerät aus.

Herr Heim räumt seine Spiele zurück und schiebt den Karton unter den Wohnzimmertisch, das Interview kann beginnen. Während unseres Gesprächs wirkt Herr Heim immer wieder zögerlich, unsicher. Oft sucht er nach Worten oder verfällt mitten im Satz plötzlich in Schweigen. Erst gegen Ende des Interviews erzählt er flüssiger, davor läuft es zäh.

So, wie ich das Interview im Folgenden wiedergebe, ist es etwas „lesbarer" gemacht. Es sind nicht alle Pausen, „Ähms" und Abbrüche darin enthalten.

[Beginn der Aufnahme]

I: Okay, Band läuft, wir können eigentlich anfangen.

R: Gut ähm, Sie interessieren sich ja für die Bibliothek und ... ich will vielleicht erst sagen dass ich nicht immer in dieser Lage war ... also dass ich Flaschen einsammle, das ist erst seit ein paar Jahren ... äh...

I: Mhm ja, machen ja viele, also Flaschen einsammeln...

R: Ja, das ist eben seitdem das Pfand kam ... äh, ich wollte eben sagen: Ich habe schon länger Alkoholprobleme und durch das Trinken ist es eben so gekommen, also ähm Job weg und Frau weg und dann macht man keine Briefe mehr auf und trinkt eben noch mehr, um sich abzuschließen. Und ... ich hab auch eine Tochter, die ist sechzehn.

I: Mm ja.

R: Also damit Sie nicht denken ähm ... ich bin gelernter Dachdecker und hatte früher auch ein normales Leben und ... also damit Sie nicht denken, ich bin einfach ein komischer äh ... also jemand, der komisches Zeug erzählt.

I: Mm, ja klar ... ähm, es macht auch nichts, wenn das, was Sie erzählen, erst mal ungewöhnlich klingt. Also ich hab ja schon Einiges gehört, also auch sehr Ungewöhnliches.

R: Ja ... [atmet tief ein] Sie haben ja schon mit anderen Leuten gesprochen und ähm, ich weiß nicht ob das dem entspricht äh ... also was die erzählt haben und was ich...

I: Sie können ja einfach mal erzählen ... einfach so, wie Sie das erlebt haben.

R: Ja gut, also ähm ich bin jetzt seit vielleicht drei Jahren in der Bibliothek und sammle eben Flaschen ein und ... äh mittlerweile kennt man mich auch und ich bekomme eigentlich keinen Ärger und ... es gibt auch Leute, die dann mir ihre Flaschen geben oder die stehen lassen und ähm...

I: Also schon Stammkundschaft.

R: Ja ähm (lacht leise) kann man fast so sagen.

I: Wie lang sind Sie dann in der Bibliothek, also den ganzen Tag, oder...

R: Das ist unterschiedlich, es ist ja nicht immer viel los. Aber es kann schon sein dass ich an einem Tag so meine zehn Runden mache, also zehn Mal durch.

I: Das ist eigentlich ne ganz schöne Strecke-

R: Ja äh ... das sind sicher einige Kilometer.

I: Und da haben Sie etwas Seltsames erlebt.

R: Ja, das ist eine längere Geschichte. Also das fing an so vor einem Jahr und ... ähm, ich bin da unten durchgegangen und äh...

I: Was meinen Sie mit „unten", also dort unten auf S3 oder...

R: Ja, S3 und diese Gegend eben, also unterstes Stockwerk und der Gang eben wo man in den nächsten Trakt kommt, also ähm ich bin immer dort unten durch, obwohl dort nicht viele Flaschen stehen gelassen werden weil dort nicht so viel los ist und ... da findet man eigentlich nicht viel.

I: Wieso sind Sie dann trotzdem da durch?

R: (lacht leise) Vielleicht bin ich ein ordentlicher Mensch, dass ich eben nichts weglassen will. Ich habe früher auch immer ordentlich gearbeitet, also als ich noch normal Arbeit hatte. Und ja, auf jeden Fall ähm ... ich bin auch ein Mensch, der ... der äh spürt wenn etwas nicht stimmt. Das war immer so, auf der Arbeit und auch bei meiner Frau damals. Ähm, ich hab immer gespürt wenn irgendetwas faul ist, wenn Ärger in der Luft liegt. Und so ein Gefühl habe ich ab und zu auch da unten gehabt, also einfach: Da stimmt irgendetwas nicht.

I: Aber Sie meinten gerade auch, dass ganz konkrete...

R: Ähm ja, wie gesagt: Ich hatte dort unten oft so ein komisches Gefühl, so etwas Bedrückendes. Ähm, also wie sagt man ... ähm ... und manchmal habe ich auch gedacht: Da ist jemand hinter dir oder äh ... da geht dir jemand nach. Und dann dreh ich mich um und da ist niemand. Ähm aber das Konkrete, dass ich wirklich etwas erlebt habe, das kam dann später. Also das war vor vielleicht einem Jahr...

I: Ähm, dann war dieses Gefühl, dieses Bedrückende, schon vorher? Oder dass Sie dachten: Da ist jemand.

R: Ja, das war schon vorher. Also immer wieder äh einfach immer wieder mal ein komisches Gefühl aber eben nichts ähm ... nur der Eindruck. Aber wie gesagt: Ich bin auch ein feinfühliger Mensch ähm...

I: Mhm ja.

R: Aber eben vor einem Jahr dann, da bin ich wieder auf S3 und geh an den Tischen entlang und schau in den Mülleimern und ähm da ... da steht auf dem Tisch eine Flasche, so eine äh Mineralwasserflasche, mit diesem Brunnen drauf, die sind von den Automaten und ähm ... ich nehm die nicht gleich mit weil ich erst die Flaschen in meiner Tüte anders zusammenstecken muss weil das so klappert und dann seh ich, ähm ... also ich geh dann auf die Flasche zu und die bewegt sich so ganz langsam über den Tisch, also auf mich zu, ganz langsam und gleichmäßig.

I: So in Ihre Richtung?

R: Genau, die rutscht über den Tisch in meine Richtung und da bleib ich dann stehen, also wie angew- ähm ... angewurzelt und kann das überhaupt nicht glauben.

I: War Ihnen das unheimlich?

R: Nein, nicht direkt. Das war ja nicht bedrohlich oder ähm ... also die Flasche ist ja nur ganz langsam auf mich zu und ähm, so halben Meter vor mir, da bleibt die einfach stehen und bewegt sich nicht mehr. Ich hab dann geschaut und dann die Flasche genommen und eingepackt. Die ist ja zu mir gekommen, also so dass ich die mitnehmen konnte.

I: Das ist ja irgendwie auch mutig ... die Flasche einfach einzupacken.

R: Ja die ist ja zu mir gekommen, hat sich ähm ... als ob mir die einer rübergeschoben hat. Das war ja nicht ... ähm...

I: Wie weit ist die dann ... also wie weit hat die sich bewegt?

R: Vielleicht ein Meter ... äh und das war eben das erste Mal dass mir so etwas passiert ist und ähm, das war wirklich so als ob mir die jemand rübergeschoben hat und ich hab sogar „Danke“ gesagt als ich die eingepackt habe. Obwohl da ja hm ... also da war ja niemand, also nicht so, dass ich jemand gesehen hätte.

I: Also wirklich als ob Ihnen da jemand helfen wollte.

R: Ja, das kam mir so vor.

I: Und war das das einzige Erlebnis in der Art?

R: Nein, das ist ja erst der Anfang. Also ähm ... ich erzähl Ihnen das noch… äh…

I: Vielleicht noch kurz ... wo genau war das?

R: Das war auf S3, diese Tischreihe dort, ähm wo die Bücherregale ähm senkrecht dazu stehen, wie soll ich das...

I: Ich glaub ich weiß schon, links davon geht's zu den Kopierern, also wenn man so mit dem Gesicht zu den Tischen steht.

R: Ja, dort war das und ähm ... die nächsten Wochen war dann eigentlich nichts, also vielleicht einmal ein seltsames

Gefühl aber eben nichts äh ... nichts Sichtbares. Ich hab aber schon geglaubt dass da irgendwas ist, dort unten in dem Bereich. Ich äh ... wenn ich da durch bin, dann hab ich auch immer so leise gesagt: „Hallo, ich komme jetzt runter" Und ähm manchmal wenn ich runter bin, dann war es auch so dass schon mehrere Flaschen zusammen gestanden haben, dass ich die nur noch einsammeln musste. Als ob die jemand für mich hingestellt hat. Also ich glaube nicht, dass das irgendwelche Studenten ähm ... so für mich gemacht haben und ähm, das war davor nicht. Insofern war schon etwas Besonderes.

I: Wie viele Flaschen waren das dann?

R: Zwei, drei, also wie für mich hingestellt.

I: Und war das oft?

R: Das war über die Wochen bestimmt sieben oder acht Mal.

I: Aber Sie haben nie etwas Komisches gesehen, also dass sich einmal was bewegt hat oder...

R: Nein, in dieser Zeit nicht aber dann später also ähm ... dann ähm ... also davor hat das irgendwann wieder aufgehört mit den Flaschen, dass die zusammen standen und äh, das ging dann weiter wie vorher ... dass ich vielleicht mal ein komisches Gefühl hatte oder denke: Da ist einer hinter mit. Aber nie etwas gesehen. Und dann ist das eben irgendwie gekippt, also in die andere Richtung äh...

I: Was meinen Sie mit „gekippt"?

R: Also das war ja zuerst so, als ob mir jemand helfen würde. Also die Flasche, die auf mich zu gekommen ist und dann ähm, die Flaschen, die zusammen gestanden sind. Aber ähm ... dann hat das aber aufgehört und dann war das eher so, als ob jemand was gegen mich hat. Die Flaschen standen plötzlich ... hm, also einige Flaschen, nicht alle ... die standen plötzlich an den komischsten Orten, mal oben im Regal wo ich fast nicht dran komme oder irgendwie unterm Tisch hinten an der Wand, wo ich fast schon ähm reinkriechen muss und äh das fällt mir sehr schwer wegen meinem Rücken und ... ja, so plötzlich war das ganz anders, da war das fast, als ob sich jemand einen Spaß macht und mich ärgert. Und wenn ich dann die Treppe runter bin, dann hab ich auch gesagt: „Jetzt komm ich runter und bitte lass mich meine Arbeit machen. Ich muss ja die Flaschen sammeln."

I: Aber Sie sind trotzdem runter?

R: Ja ähm, damals bin ich noch runter. Aber ähm schon ... wie soll ich sagen? Mit gemischten Gefühlen.

I: Vor dem Interview meinten Sie ja, dass Sie jetzt nicht mehr runter gehen. Was war da der Auslöser?

R: Das waren eigentlich zwei Sachen, zwei ähm Ereignisse ähm ... also das war ähm, das war dann vor vielleicht sieben Monaten, September oder Oktober ähm ... und äh ... mir ist das immer noch ... ich versuch das einfach mal zu erzählen, das ist schon komisch. Also ich geh wieder runter auf S3 und äh ... an der Stelle wo schon einmal eine Flasche stand, also die sich damals auf mich zu bewegt hat, da steht wieder eine Flasche und ähm, das ist so eine moderne Flasche mit äh ... ein neues Getränk, Marca-

Mara- cuja-Saft und ähm, ich weiß nicht ob da Pfand drauf ist. Ähm, ich schau mir die Flasche genauer an und da spiegelt sich in der Flasche ... also da spiegelt sich der Hintergrund und mein eigenes Gesicht und ähm ... [atmet tief durch] ich hab ja auf das Etikett geschaut aber weil sich da im Hintergrund eben irgendetwas verändert hat, da hab ich dann auf die ähm ... auf die Spiegelung geschaut und dann eben gesehen oder den Eindruck gehabt, dass da hinter mir wie ein Schatten ist oder wie ein dunkler Fleck.

I: Wie kann man sich das vorstellen, also ähm ... dunkler Fleck?

R: Also wie äh ... ich kann das nicht so in Worte fassen, also als ob es irgendwie dunkler ist hinter mir, als ob da ... ähm, wie vielleicht eine Rauchwolke oder wie irgendein Schatten. Einfach nicht normal ähm...

I: Hatte diese Rauchwolke irgendeine Form oder war das mehr so diffus?

R: Ja ähm, schon irgendwie hoch aber auch nicht ganz klar und ähm ... die Flasche ähm die verzerrt das ja auch ... [lange Pause, ca.9 Sekunden] Also wie eine dunkle Wolke hinter mir, als ob da das Licht irgendwie weggeht ... ähm ... eigentlich passt „Rauchwolke" nicht so, also eher wie ein Schatten oder einfach wie eine Stelle, wo es dunkler ist.

I: Hat das wie ein Mensch ausgesehen, von der Form her?

R: Nein, eigentlich ... gut äh das war schon so eher ähm hoch, also wie ein stehender Mensch und ... aber keine ähm kein Umriss wie von einem Mensch. Das war auch nicht genau abgegrenzt.

I: Und was war dann?

R: Ja ich dreh mich um und da ist aber nichts hinter mir. Und dann dreh ich mich wieder zu dem Tisch und will die Flasche mitnehmen und da haut es die Flasche plötzlich weg. Als ob jemand dagegen haut und die wegschlägt. Und ich erschreck mich natürlich und zieh den Arm zurück.

I: War die Flasche kaputt?

R: Ja ähm, die hat es eben über den Tisch weg und gegen die Wand ... oder ähm gegen eines von den Regalen geschleudert und die ist natürlich zerbrochen. Das war ja auch eine Wucht, die ist mit richtiger Geschwindigkeit äh hat es die weggehauen. Und die ist bestimmt zwei Meter geflogen und dann war alles voller Scherben und ich bin nur so dagestanden. [atmet tief durch]

I: Aber nicht in Ihre Richtung geflogen, also dass Sie irgendwie in Gefahr waren?

R: Nein, das nicht. Die ist schräg weg von mir geflogen. Aber das war natürlich ein Schreck, also ich bin dann weg und hab gesagt: „Okay, ich geh weg. Bitte lass mich in Ruhe, lass mich gehen."

I: Ich finde das interessant, dass Sie da richtig mit jemandem sprechen, also als ob da eine andere Person wäre.

R: Ja ich habe natürlich niemand gesehen aber ähm ... ich hab das schon so ähm ... empfunden...

I: Wie jemand, der irgendwie...

R: Ja ähm, ich bin mir auch sicher ... da ist jemand und der wollte mich nicht mehr da unten haben.

I: Sie meinten vorhin dass es noch ein zweites Ereignis gab.

R: Also nachdem das mit der Flasche war, da hab ich erst mal gesagt: „Jetzt bleibst du weg von da unten weil du bist ja nicht erwünscht." Aber nach vielleicht zwei Wochen, da bin ich dann wieder runter und ähm, vielleicht war das auch dumm von mir.

I: Wieso sind Sie wieder runter? Sie meinten ja, dort unten stehen eh nicht viele Flaschen rum.

R: Ähm, das ist vielleicht auch der Sammeltrieb (lacht leise) also dass man denkt: Vielleicht finde ich ja doch noch was oder äh ... Ich war eben nicht überall und das ist dann eben nicht komplett. Ich wollte eben gerne durch die ganze Bibliothek durchgehen und mich hat das immer gestört wenn ich eben S3 und die Gegend dort unten ausgelassen habe. Und ähm ... wie gesagt: Ich bin da ein ordentlicher Mensch.

I: Und dann ist noch etwas passiert?

R: Zuerst ja nicht, das ging ja eine Woche ohne Zwischenfälle. Und ich bin da ja am Tag meistens mehrmals durchgelaufen. Nie irgendetwas bemerkt. Auch kein komisches Gefühl gehabt, also dass ich denke: Da ist jemand in meiner Nähe. Aber dann nach vielleicht einer Woche ähm ... oder vielleicht zehn Tagen, da bin ich wieder unten auf S3 und ähm ... mir geht es an dem Tag nicht gut ... ähm, nicht wegen dem Saufen sondern ... das muss ich vielleicht sagen: Ich bin ja vom Dach gefallen und eigentlich müsste ich ja im Rollstuhl sitzen. Das waren ja sechs Meter. Und mein Arzt hat damals, das ist jetzt schon zehn Jahre, ähm hat damals gesagt: Das ist ein Wunder dass Sie überhaupt noch laufen können und Sie können eigentlich froh sein ... also die Wirbelsäule war eben gebrochen, mehrere Wirbel richtig ähm zertrümmert und alles äh hinüber und kaputt ... [atmet tief durch] Ich war fast ein halbes Jahr im Krankenhaus weil die Ärzte das auch nicht gleich ... und dann eben Reha hinterher.

I: Das ist wahrscheinlich das Gefährliche am Dachdeckerberuf.

R: Ja gut, man wird auch unvorsichtig mit der Zeit, man muss extrem aufpassen dass man nicht unvorsichtig wird ... äh ... aber wenn es eben schnell gehen muss ... [lange Pause, ca. 6 Sekunden] ähm und nach Reha und Krankenhaus, da ähm ... also ich bekomme ja eine kleine Rente aber ähm, ich konnte das einfach nicht und mein Chef hat mich auch wieder eingestellt, das war sehr anständig von ihm aber ähm ... ich durfte und konnte natürlich nicht mehr wie früher und ich hab dann so kleinere Arbeiten gemacht aber das war sehr schlimm für mich und eigentlich ... ich weiß gar nicht, ob der das durfte, ich bin ja berufsunfähig ... und ich hab auch gemerkt: Der gibt mir noch was zu tun aber eigentlich braucht der mich nicht, also aus Mitleid, und dann zusammen mit den Schmerzen ... ja da fing dann das

Trinken an und der Ärger mit der Frau ähm ... Sie sehen ja.

I: Das sind dann die Schmerzen von Ihrem Rücken ... sind die immer oder ... ähm...

R: Nein, nicht immer. Was ich sagen wollte: Ich habe einfach schlechte Tage wo die Schmerzen sehr stark sind und manchmal hab ich auch so Anfälle, also dass sich mir alles zusammenzieht und ähm ... als ich an dem Tag durch die Bibliothek bin, da hab ich schon gewusst: Heute macht der Rücken Probleme und heute musst du aufpassen dass du keine falsche Bewegung machst. Und unten auf S3, da kam dann plötzlich der Schmerz, da hat mich das richtig überfallen. Ich konnte nicht mehr weiterlaufen und musste mich irgendwo aufstützen und erst mal Luft schnappen. Und das war eben bei den Tischen, dort wo mir auch die Flasche weggeschlagen wurde. Und ähm, ich hab dann gedacht, es geht wieder und bin weiter und dann in den Gang, der weg führt von S3 und ähm ... ich hab auch Angst gehabt. Ich hab gedacht: Jetzt bist du hier unten so hilflos.

I: Was meinen Sie mit „hilflos"?

R: Ich konnte ja nichts machen, mich hätte man einfach so umschmeißen können. Ich konnte ja auch nicht richtig laufen mit den Schmerzen. Und ähm, ich hatte ja im Kopf: Hier unten ist irgendeiner, der nicht will, dass ich hier durchgehe. Das war ja im Kopf. Sonst wäre ja die Flasche nicht so weggeschlagen worden. Das war ja deutlich. Also so: Jetzt bist du schwach und jetzt kommt gleich was.

I: Sie wollten dann weg?

R: Ja ... also ich hab mich hilflos gefühlt und hab einfach gesagt: Jetzt musst du schauen dass du hier raus kommst. Und ich geh so durch den Gang, der eben weg führt von S3 und da packt es mich wieder ganz heftig, der Schmerz. Als ob mir jemand in die Knochen reinsticht und drin rumdreht und ähm ... ich konnte eben nicht weiterlaufen und bin dann zwischen zwei Regale dort in dem Gang und meine Tüte hingestellt und hab mich dort aufgestützt und versucht, den Rücken irgendwie gerade zu machen, das hilft manchmal. Und eben wieder zu Atem kommen.

I: Das hört sich heftig an.

R: Ja, das ist heftig ... ähm, und das geht vom Rücken bis hoch in den Kopf, das ist brutal. Ich kann dann auch nicht mehr richtig sehen, da verschwimmt mir alles, das geht durch den ganzen Körper und das können Sie sich gar nicht vorstellen. Und ähm ... ich hab nur gedacht: Hoffentlich gehst du jetzt nicht auf die Knie und hoffentlich musst du dich nicht übergeben. Einfach damit ich da raus komme. Und ähm ... es wird aber schon besser und da merk ich dass das Regal wo ich mich dagegen stütz, dass das leicht wie äh ... vibriert, also zittert. Und ich denke: Oh Gott, was ist jetzt los? Wieso lässt er mich nicht in Ruhe? Ich geh doch schon. Und ich bin immer noch ganz benommen und schau nach rechts und da merke ich ähm ... da merke ich, wie sich die Regale zusammenschieben, also als ob die so ähm ... so zuklappen. Und wenn die zugehen, dann bin ich zwischen denen gefangen, auf der anderen Seite ist ja nur die Wand und ich komm dann nicht mehr raus und ähm ich denk erst: Ich seh nicht richtig. Aber ich spür ja auch dass sich das Regal bewegt und bin mir dann ganz sicher und weiß: Jetzt musst du hier raus zwischen den Regalen, sonst wirst du da eingeschlossen und dann äh ... was passiert dann?

I: Die Regale haben sich richtig sichtbar bewegt?

R: Nur das eine, nur das eine, wo ich mich dagegen gestützt habe, das eben auch so vibriert hat. Das hat sich ... ähm ... also langsam bewegt ... aber ich bin mir da sicher. Und ähm, ich bin dann raus, mit aller Kraft raus auf den Gang ähm und merke: Ich bin immer noch benommen und ganz neben mir und kann fast nicht laufen und vor meinen Augen ist wie ein Schleier ... aber ähm ... ich nehm meine Kraft zusammen und trotz der Schmerzen äh geh ich den Gang lang und dann durch die Glastür, dass ich da weg von komme. Ich wollte ja einfach nur weg.

I: Also da war schon eine große Angst da.

R: Ich war ja ganz hilflos. Das können Sie sich nicht vorstellen wie man solche Schmerzen haben kann und fast keine Luft mehr bekommt. Da bricht einem der kalte Schweiß aus. Und wenn dann so Sachen passieren ... [atmet mehrmals tief durch] wenn ich da eingeschlossen wäre...

I: Mhm, ja ... ähm, zwischen welchen Regalen war das, also gegenüber von den Toiletten?

R: Ja ... nein, das war schon dahinter, fast bei der Glastür ... und ich geh dann durch die Glastür und denk: Gut, jetzt bist du da weg und jetzt musst du die Treppe hoch. Und ähm ich steh dort hinter der Tür und das ist ja ein etwas größerer Raum, also mit Tischen und ähm ... und ich merke einfach: Irgendetwas stimmt nicht. Es ist so vollkommen ruhig, man hört überhaupt nichts.

Normalerweise hört man ja immer irgendetwas, auch wenn es ähm ... ruhig ist. Aber das war als ob alle Geräusche weg sind, als ob einem die Ohren zu sind. Und irgendwie schau ich nach links, da sind ja Tische. Und an einem Tisch sitzt ein Mädchen, ein blondes Mädchen ... und das ist komisch, die hat überhaupt nichts vor sich liegen, keine Bücher und keine Stifte und ähm, die sitzt einfach ganz gerade an dem Tisch und ähm dann dreht die langsam den Kopf zu mir und schaut mich ganz direkt an und da läuft es mir kalt den Rücken runter ähm ... [atmet tief durch] das kann ich gar nicht beschreiben ... die schaut mir direkt in die Augen und das ist ein ganz kalter und böser Blick, das war überhaupt nicht wie von einem Mensch. Und ähm die sitzt einfach nur da und hat den Kopf zu mir gedreht und ich bin wirklich zurück, einen Meter zurück, weg von dem Mädchen. Ich hab mich richtig erschreckt vor dem Blick und dem Gesicht und wie die mich anschaut. Ich musste wirklich wegschauen, ich konnte der nicht in die Augen schauen. [atmet mehrmals tief durch]

I: Mhm ja.

R: Und dann seh ich: Ein paar Meter weiter sitzt noch ein Mann und der hat auch überhaupt nichts vor sich liegen, der sitzt einfach nur da, so wie das Mädchen, also ganz gerade. Und dann dreht der auch seinen Kopf zu mir und schaut mich genauso an wie das Mädchen, also ein ganz grauenhafter ... äh kalter und gemeiner Gesichts- ähm ... Und dann grinst mich der an aber das ist nicht freundlich, das sieht so aus als ob sich das ganze Gesicht verschiebt, als ob das einfach nach oben gezogen wird oder ähm verrutscht und äh ... ich hab die Zähne von dem gesehen und mir ist wieder richtig schlecht geworden und mir ist alles verschwommen vor den Augen und ähm ... ja...

I: Wie sahen die aus, ähm ... wie Studenten?

R: Ja das waren ja Studenten, ganz normal angezogen und ähm ich bin dann weg, ich wollte nur noch weg und bin dann nach vorne gestolpert und muss mich wieder aufstützen und dann hol ich Luft und dreh mich doch noch mal um und schau, ob die immer noch da sitzen oder ähm, ob die mir nachkommen und ähm ... diesen Mann kann ich nicht sehen aber das blonde Mädchen. Und die sitzt über den Tisch gebeugt und neben ihr liegt eine Plastiktüte und ähm, um sie rum verschiedene Bücher äh Hefte und die arbeitet ganz normal, also ähm, wie die Stundenten eben arbeiten in der Bibliothek ... mit den ganzen Sachen um sich rum ... ähm aber gerade eben noch, da war das alles nicht und die saß nur da und hat mich so angeschaut.

I: Also das war plötzlich ein ganz anderes Bild?

R: Ja, vorher da lag ja nichts, da war der Tisch ja ganz leer. Und ähm jetzt plötzlich, jetzt liegen da Bücher und Stifte und die arbeitet und ähm ... das war schon ... [tiefes Atmen] also ich hab das vorher wirklich so gesehen, so wie ich das gerade versucht habe ... hm...

I: Aber Sie haben die ganze Zeit nichts gehört?

R: Ähm, nein ... erst nicht. Also ... ähm nicht als die beiden mich so angeschaut haben und dann ... dann hab ich gemerkt: Jetzt sind wieder Geräusche, jetzt hört man wieder was, also Fußtritte und äh den Kopierer irgendwo. Als ich das Mädchen noch mal angeschaut habe, da waren wieder Geräusche.

I: Aber den Mann haben Sie nicht mehr gesehen?

R: Nein, der war ähm ... ich wollte auch nicht mehr zurück, also ähm Richtung Glastür. Ich bin dann die Treppe hoch und so schnell raus, wie ich konnte. Und ähm ich hab dann gemerkt, dass ich meine Tüte mit den Flaschen stehen gelassen habe und das waren bestimmt zwanzig Stück. Also bei den Regalen.

I: Haben Sie daran gedacht, die noch zu holen?

R: Nein, überhaupt nicht. Ich musste unbedingt da raus. Und ich habe mir das nicht eingebildet, das Regal hat sich wirklich bewegt, ich hab das ja mit den Händen gespürt wie das gezittert hat. Und das Mädchen hat mich wirklich so angeschaut, das kann ich gar nicht beschreiben. Das war so eine Kälte, die von der ausgegangen ist. Und dann dieses komische, dieses ganz verzerrte Grinsen vom dem Mann ... ähm, unnatürlich, ja, unnatürlich, ich will da gar nicht dran denken. Ähm ... und natürlich die Flasche, da war ja alles voller Scherben.

I: Aber das mit der Flasche war ja nicht am gleichen Tag ... wenn ich das richtig...

R: Nein, das war vorher, also etwas über eine Woche. Aber das gehört ja zusammen. Da hat das ja angefangen, dass das so feindselig war, so deutlich ähm...

I: Ja äh, zu den beiden Studenten noch mal ... haben Sie die vorher oder auch nach diesem Ereignis noch einmal gesehen?

R: Äh ja ... ich ... [atmet tief durch] ich hab den Mann noch einmal gesehen ... aber nicht in der Bibliothek. Also draußen ähm beim Parkplatz.

I: Und hat der Sie wieder irgendwie angeschaut?

R: Nein, überhaupt nicht. Der ist einfach an mir vorbei gelaufen und hat vielleicht gedacht, warum ich ihn so anschau.

I: Aber das war sicher der Mann?

R: Ja, ich glaube schon ... ähm ... ich denke schon. Aber ich hab mir das nicht eingebildet in der Bibliothek. Der hat das sicher nicht gewusst, dass der mich so angeschaut hat. Der hat sich gar nicht erinnert, der war das ja nicht selbst, ähm ... dass der das absichtlich...

I: Ja ähm ... waren Sie danach dann noch mal dort unten?

R: Nein, ich geh da nicht mehr hin.

I: Wenn ich das ähm richtig verstanden habe, dann war das vor etwa einem halben Jahr, oder ähm...

R: Eher ähm sieben, acht Monate.

I: Und seitdem...

R: Nein, ähm ... seitdem halt ich mich fern.

I: Was ich noch fragen wollte: Sie haben nicht irgendwas gespürt, irgendeine körperliche Berührung oder...

R: Also dass mich selbst jemand angefasst hat, nein

I: Und auch kein Geräusch, kein ähm Unerklärliches?

R: Nein ähm ... ja nur dass auf einmal so still war. Als ob einem die Ohren zu sind.

I: Und auch nicht irgendwas gerochen?

R: Wie meinen Sie gerochen?

I: Ähm, jemand anders hat mir erzählt, dass es irgendwie komisch gerochen hat ähm wie verbrannt, also als die was Komisches erlebt hat.

R: Nein, das nicht

I: Ähm, was denken Sie, was steckt da dahinter?

R: Puh ... [langes Schweigen]

I: So ganz platt gefragt: Wollte Sie da jemand loswerden oder wollte da jemand, dass Sie sich erschrecken oder ähm... mit Ihnen spielen?

R: Ja ähm... ich hab Ihnen das ja beschrieben.

I: Vielleicht wenn Sie einfach mal so spekulieren.

R: Ähm ... ich habe gleich noch einen Arzttermin.

I: Ach so hm...

R: Ich muss mich noch fertig machen für den Arzttermin.

I: Sie möchten nicht mehr ähm...

R: Es tut mir leid dass ich keine Zeit mehr habe.

I: Okay, dann bedanke ich mich dass Sie mitgemacht haben.

R: Ja.

[Ende der Aufnahme]

Ich glaube nicht, dass Herr Heim noch einen Termin hat. Er wollte einfach das Gespräch beenden. Scheinbar habe ich die falschen Fragen gestellt oder er hat sich bedrängt gefühlt. Vielleicht ging es ihm einfach zu lange.

Der Abschied ist kühl. Ich bedanke mich noch einmal für das Interview, verlasse die Wohnung und fahre nach Hause. Am Abend tippe ich das Gespräch ab.

Noch eine Anmerkung:

Herr Heim sagt, er habe den Mann – den, der ihn so angrinste – nicht mehr gesehen, als er sich noch einmal umschaute. Damit ist wahrscheinlich nicht gemeint, dass der Mann verschwunden war. Wenn man sich von der Glastüre, durch die Herr Heim kam, in Richtung Treppe bewegt, dann wird der Blick auf die weiter weg liegenden Tische durch Regale verdeckt. Die Tische in Türnähe – dort saß das Mädchen – bleiben sichtbar.

29. Neue Pläne

Samstag, 26. April 2008: Um zehn will ich los, dann bin ich zum Mittagessen da. Ich fahre übers Wochenende zu meinen Eltern.

Jetzt ist es neun, die Sachen sind gepackt und vor mir liegen sechzig Minuten, mit denen ich nichts anzufangen weiß. Ich beschließe, Patrick anzurufen. Ich will ihm erzählen, wie das Interview lief und ihn fragen, ob er eine Idee hat, wieso Herr Heim das Gespräch so plötzlich beendet hat. Außerdem will ich wissen, ob Patrick von seinem Nachbarn das Gleiche oder zumindest Ähnliches wie ich zu hören bekam. Gestern, direkt nach dem Interview, hatte ich bei ihm geklopft. Ein Mitbewohner sagte mir, er mache noch irgendwelche Einkäufe.

Patrick klingt verschlafen, gestern war es spät und ich habe ihn geweckt. Aber das sei okay, versichert er mir. Er habe sowieso raus gewollt. Ich erzähle vom Interview und dem plötzlichen Ende. Patrick meint, ich könne froh sein, dass sich Herr Heim überhaupt so lange mit mir unterhalten habe. Normalerweise würde er Fremde gar nicht in die Wohnung lassen.

Er selbst habe von Herrn Heim keine „konkreten Geschichten" über die Bibliothek gehört. Nur dass dort seltsame Dinge passieren und dass man dort nicht viel Zeit verbringen soll. Regelrecht gewarnt habe ihn Herr Heim davor, sich länger im unteren Stockwerk aufzuhalten.

Patrick will wissen, was sein Nachbar mir erzählt hat, und ich berichte ihm von unserem Gespräch. Ich bitte ihn, mich anzurufen, falls Herr Heim ihm gegenüber noch irgendetwas zum Interview oder zu S3 erwähnt.

Auf der Fahrt zu meinen Eltern bin ich in Gedanken die ganze Zeit bei S3. Auch gesundheitsgefährdend laute Musik kann mich nicht ablenken. Am Montag werde ich zurück sein, dann will ich einige Abende auf S3 verbringen. Am besten bleibe ich bis nach Mitternacht, bis eins oder zwei. Eigentlich könnte ich noch länger bleiben, die Bibliothek hat rund um die Uhr auf. Vielleicht passiert ja etwas.

30. Eins

Montag, 28. April 2008: Um 19 Uhr bin ich in der Bibliothek. Schon um diese Zeit ist wenig los auf S3. Ab und zu summt der Kopierer, nur selten hört man Schritte und gedämpftes Sprechen. Die ganze Tischreihe ist frei, hier saßen auch Jessica und Mara. Und hier wurde Herrn Heim erst eine Flasche hingeschoben und später eine weggeschlagen.

Ich breite mich aus, klappe meinen Laptop auf und verteile um mich herum die Bücher, die ich brauche. Meinen Kaffeebecher platziere ich fast einen Meter rechts von mir. Vor ein paar Wochen habe ich mir Kaffee auf die Tastatur gekippt und seitdem bin ich übervorsichtig. Wenn ich trinke, dann lehne ich mich weit nach rechts, nur um die Tasse nicht über den Computer zu halten. Der Nachteil dabei: Den Becher sehe ich nur noch aus dem Augenwinkel. Ich ertappe mich dabei, dass ich alle paar Sekunden hinüber schiele. Vielleicht bewegt sich ja der Becher. Ich warte, dass irgendetwas Seltsames passiert. Aber die Stunden vergehen ereignislos und schnell hat auch meine Aufmerksamkeit für den Becher nachgelassen. Ich arbeite etwas halbherzig an meiner Doktorarbeit bis mich gegen 21.30 der letzte Motivationsrest verlässt.

Außerdem muss ich aufs Klo. Natürlich gehe ich dorthin, wo auch Tobias war, wo er das Klopfen gegen die Wand hörte. In der Kabine höre, sehe, fühle und rieche ich nichts Ungewöhnliches.

Als ich zu meinem Platz zurück komme, habe ich den Eindruck, dass meine Sachen anders liegen. Aber es ist noch alles da, die Bücher, die Stifte, die Schmierzettel. Vielleicht bilde ich mir das auch ein und die Dinge liegen wie vorher. Vielleicht hoffe ich so auf etwas Ungewöhnliches, dass mir mein Verstand schon irgendwelche Veränderungen vorgaukelt. Ich weiß es nicht.

Noch rund eine Stunde arbeite ich an meiner Diss, es läuft wieder besser. Aber kurz vor elf kann ich mich nicht mehr konzentrieren, habe den Eindruck, dummes Zeugs zu schreiben. Ich beschäftige mich noch ein bisschen mit Fachliteratur, suche mir Stellen heraus, die ich vielleicht zitieren kann. Aber kurz vor Zwölf reicht es mir, ich lese nicht einmal den Absatz zu Ende. Eigentlich möchte ich ja nach Hause, ein bisschen auf die Couch, vielleicht noch duschen. Mittlerweile ist es totenstill hier unten. Seit bestimmt dreißig Minuten habe ich keine Schritte mehr gehört, nur das gleichförmige Rauschen der Lüftung. Irgendwie ist es wieder kälter geworden, vielleicht fahren sie nachts die Heizung herunter. Ich wickle mich in meine Jacke und starre einige Minuten auf meinen schwarz gewordenen Bildschirm.

Jetzt ist es kurz nach Mitternacht und bis eins will ich bleiben. An meiner Dissertation zu arbeiten, das bringt nichts mehr. Man kann so etwas nicht einfach unkonzentriert herunter schreiben. Also was Anderes. Ich spiele „Transport Tycoon“, das ist so ein Computerspiel, bei dem man Eisenbahnstrecken baut und Züge zwischen verschiedenen Stationen hin und her fahren lässt. Ich habe das vor vielen Jahren als Jugendlicher gespielt, irgendwann in den Neunzigern. Vor kurzem habe ich dann entdeckt, dass man es gratis runterladen kann und jetzt baue ich eben ab und zu Bahnstrecken.

Pünktlich um eins schalte ich den Computer aus, packe meine Sachen zusammen und mache mich auf den Heimweg. Es ist nichts Merkwürdiges passiert. Vielleicht war es Einbildung, dass meine Sachen anders lagen, als ich vom Klo kam.

Auf dem Weg zum Ausgang begegne ich nicht einem einzigen Menschen. Es ist wirklich als wäre man aus der Welt. Alle anderen Menschen könnten plötzlich vom Erdboden verschwinden, man würde still hier unten sitzen und nichts bemerken. Dann würde man durch den menschenleeren Eingangsbereich laufen, die Uni verlassen, nach Hause fahren und sich darüber wundern, dass so wenig Verkehr ist. Aber gut, es ist ja schon nach zwölf. Erst am nächsten Morgen würde einem aufgehen, dass etwas nicht stimmt. Das wäre ein guter Anfang für einen Film.

Gegen drei wache ich auf, nicht ängstlich oder erschrocken, ich wache einfach nur auf. Ich trinke ein Glas Wasser, ziehe meinen alten Bademantel an und setze mich an den Computer.

In den letzten Monaten habe ich acht Leute interviewt. Alle haben von übernatürlichen bzw. unerklärlichen Phänomenen in der Bibliothek erzählt. Mir fällt die Liste ein, die ich vor ein paar Wochen angelegt habe. In diese Liste wollte ich doch alles eintragen, was mir erzählt wird. Damals hatte ich noch nicht mit Herrn Heim und auch nicht mit den beiden Bibliotheksangestellten gesprochen.

Ich öffne das Dokument und trage nach, was ich seitdem erfahren habe. Vielleicht lassen sich ja irgendeine „Entwicklungen" erkennen, irgendwelche Veränderungen über die Zeit.

Ab 2000: Laut Frau Seiler „Häufung" ungewöhnlicher Ereignisse. Sie sagt auch, damals habe das angefangen. In den Jahren davor habe es „eigentlich" keine Beschwerden von Kollegen gegeben.

Beispiele Frau Seilers: Ein Bücherwagen bewegt sich von alleine. Einer Mitarbeiterin werden Bücher „weggeschlagen". Eine andere Mitarbeiterin wird gegen eine Wand gedrängt.

Vermutlich 2002: Laut Frau Pesch verschwinden Fotos aus Brieftaschen, Schlüsselanhängern... 2003 werden diese Fotos in einem Wartungsschacht gefunden. Sie sind ordentlich zu einem Viereck angeordnet.

Vermutlich März 2006: Susanne spürt eine Berührung an ihrer Schulter, erst leicht, dann fester. Niemand ist zu sehen.

November 2006: Achims Erlebnis. Einer der Computer (bzw. Bildschirme) geht immer wieder ein und aus. Dann ein lautes, schmerzhaftes Pfeifen aus den Lautsprechern. Anschließend hörbare Atemgeräusche, obwohl niemand zu sehen ist.

April 2007: Eine Glasflasche bewegt sich auf Herrn Heim zu. Er nimmt sie mit.

April bis Sept. 2007: Herr Heim hat oft ein komisches Gefühlt, wenn er auf S3 ist. Manchmal stehen Flaschen zusammen, so dass er sie einfach einsammeln kann. Später dann „kippt“ das, die Flaschen stehen versteckt, an schwer zugänglichen Plätzen. Als hätte jemand ihm erst geholfen, es ihm dann schwer gemacht.

September oder Oktober 2007: Herr Heim sieht eine seltsame Spiegelung in einer Flasche, die er gerade mitnehmen will. Plötzlich wird die Flasche „weggeschlagen“. Danach hält er sich fern von S3.

Etwa zehn Tage nach diesem Erlebnis geht Herr Heim wieder auf S3. Er fühlt sich schlecht (Probleme mit dem Rücken, Atemnot). Er stützt sich zwischen zwei Bücherregalen auf, bemerkt dann, dass eines der Regale „vibriert“. Die Regale schieben sich zusammen, er hat Angst, eingeschlossen zu werden. Er verlässt den Gang, sieht dann zwei Studenten (Mann und Frau), die ihn anschauen. Der Blick bzw. Gesichtsausdruck dieser Personen erschreckt Herr Heim.

September 2007: Tobias hört auf der Toilette zweimal ein Klopfen, dann einen heftigen Schlag. Er ist sich sicher, dass außer ihm niemand da ist. Anschließend hat er das starke Gefühl, jemand oder etwas sei hinter ihm. Er verlässt fluchtartig die Kabine.

Vermutlich September 2007: Mara fühlt eine Berührung am Kopf, sie beschreibt diese als „Streicheln“. Als sie weggeht, stößt sie jemand von hinten. Niemand ist zu sehen.

Januar 2008: Jessica hört zweimal kurz hintereinander Schritte, als würde jemand auf sie zu kommen. Es ist aber niemand zu sehen.

Viel sagt mir diese Reihenfolge nicht. Nur dass es schon seit rund acht Jahren seltsame Ereignisse im Untergeschoss der Bibliothek gibt. Frau Seiler meinte ja, damals habe es angefangen.

Obwohl... eines fällt mir doch auf: Mitarbeiter der Bibliothek waren in den letzten Jahren scheinbar nicht betroffen. Eher Studenten. Und eben Herr Heim, der Flaschensammler. Eine Ausnahme ist Achim, sein Erlebnis steht ja in Zusammenhang mit seiner Arbeit in der Bib. Obwohl... eigentlich ist er ja Student.

Man könnte vermuten, dass sich die Aufmerksamkeit dieses „Wesens", das dort unten auf Menschen reagiert, verlagert hat. Weg von den Mitarbeitern, hin zu den Studenten. Aber mit Sicherheit kann ich das nicht sagen, dafür habe ich mit zu wenig Leuten gesprochen. Vielleicht sind die Stundenten, die um 2000 herum seltsame Erlebnisse hatten, einfach nicht mehr an der Uni.

Jetzt ist es fast vier. Ich bin nicht müde. Auf dem Dach sind wieder die Katzen unterwegs. Aber sie schreien nicht, ich höre nur schnelles Getrappel.

Was weiß ich über dieses „Wesen", hinter dem ich her bin, über diese „Präsenz"? Gesehen hat es niemand, nur Herr Heim sprach von einem „Schatten" bzw. einer „dunklen Wolke", die sich in einer Glasflasche spiegelte. Er beschrieb diese Erscheinung als „eher hoch", einem aufrecht stehenden Menschen ähnlich.

Alle anderen haben lediglich Geräusche gehört und/oder Berührungen gespürt. Susanne beschreibt die Berührung an ihrer Schulter wie das Auflegen einer Hand. Mara wiederum spricht von einem „Streicheln". Und Jessica hörte „Schritte". All das spricht dafür, diese „Präsenz" als etwas Menschenähnliches zu betrachten.

Was Schritte macht und Hände zum Streicheln hat, das sollte irgendwie „menschlich“ sein.

Auch scheint dieses Wesen über enorme Kräfte zu verfügen. Herrn Heim zufolge hat sich ja ein Bücherregal verschoben. Diese Bücherregale sind allerdings enorm schwer, sicher über eine Tonne. Und Tobias sprach von einem „heftigen Schlag“, als hätte sich jemand in der Klokabine nebenan gegen die Trennwand geworfen.

Okay, irgendwie menschenähnlich und stark. Was sonst noch? Mara meint, es habe „verbrannt“ gerochen, kurz bevor sie die Berührung an ihrem Kopf spürte. In einigen späteren Gesprächen fragte ich nach diesem Brandgeruch. Aber niemand konnte solch einen Geruch bestätigen. Wahrscheinlich eine tote Spur.

Plötzlich läuft es mir kalt den Rücken herunter, mein Nacken verkrampft sich. Scheiße! Es riecht verbrannt, hier bei mir im Zimmer. Ganz leicht nur aber eindeutig... verbrannt! Wie gelähmt sitze ich da, bestimmt zehn Sekunden. Nichts passiert. Dann reiße ich mich zusammen, stehe auf. Mir ist ein Gedanke gekommen. Ich ziehe eines der Dachfenster auf und die Angst fällt von mir ab, mein Körper entspannt sich.

Der Geruch kommt eindeutig von draußen, nicht aus meiner Wohnung, nicht aus dem Halbdunkel hinter mir. Irgendwo da draußen brennt es, es ist nicht nur bei mir. Leise lache ich über mich selbst. Wenn das so weiter geht, dann bilde ich mir demnächst noch irgendetwas ein, fange an, Gespenster zu sehen. Ich schließe das Fenster und gehe ins Bett, vielleicht kann ich noch ein paar Stunden schlafen. Verdammt, langsam fange ich an zu spinnen.

31. Zwei

Dienstag, 29. April 2008: Wieder bin ich gegen 19 Uhr auf S3. Wieder klappe ich meinen Laptop auf, verteile um mich herum meine Bücher und beginne mit der Arbeit an meiner Dissertation. Es läuft ordentlich, ich komme voran. Ich habe meine Ruhe und die allermeisten Bücher, die ich brauche, stehen in der Nähe. Schon gegen 20 Uhr bin ich alleine, niemand der stören könnte.

Auch nichts Übernatürliches, überhaupt nichts Ungewöhnliches, keine Schritte aus dem Nichts, keine Berührung unsichtbarer Hände, keine Gegenstände, die sich von selbst bewegen. Angenommen, das was mir erzählt wurde, stimmt. Angenommen, meine Gesprächspartner haben die Wahrheit erzählt. Und ich denke, das haben sie. Warum hätten sie mich alle anlügen sollen? Angenommen, hier unten ist irgendetwas Ungewöhnliches, irgendeine „Präsenz", die auf Menschen reagiert. Warum reagiert sie nicht auf mich, wo ich doch alleine oder so gut wie alleine hier unten sitze? Vielleicht passe ich ja nicht ins Beuteschema, vielleicht fehlt der Überraschungseffekt. Schließlich erwarte ich ja, dass etwas passiert, in gewisser Weise hoffe ich sogar darauf. Vielleicht macht es diesem „Wesen" einfach keinen Spaß, jemanden zu behelligen, der sowieso damit rechnet. Allerdings rechnete auch Herr Heim mit einem Ereignis, damals, als er beinahe zwischen den Regalen eingeschlossen wurde. Vielleicht war seine Angst größer, vielleicht machte das ihn attraktiv.

Die Stunden vergehen ereignislos. Bis zehn arbeite ich an meiner Dissertation, dann hole ich mir aus dem Kunstbereich einige Fotobände, die ich schon immer einmal durchblättern wollte: William Eggleston, Thomas Struth u.s.w. Als ich mit den Bänden auf dem Arm zu meinem Platz zurück komme, habe ich wieder den Eindruck, dass meine Sachen anders liegen. Aber wahrscheinlich ist das nur Einbildung. Ich müsste eine Kamera mitnehmen und den Tisch fotografieren, immer bevor ich weggehe. Dann könnte ich vergleichen. Vielleicht mache ich das morgen.

Bis elf schaue ich mir die Bildbände an, dann arbeite ich noch fast eine Stunde an meiner Doktorarbeit. Kurz vor zwölf verlässt mich die Konzentration. Ich speichere ab, klappe meinen Laptop zu und gehe zwischen den Regalen hindurch zu dem Raum mit der Luke im Boden. Ich will es noch einmal versuchen, Schraubenzieher und Taschenlampe habe ich dabei. Ich will sehen, ob da unten tatsächlich die vielen Bilder liegen, von denen Frau Pesch erzählt hat. Stören dürfte mich diesmal niemand, um Mitternacht läuft hier keiner mehr durch. Tatsächlich kriege ich den Schraubenzieher in den Spalt zwischen Lukendeckel und Fußboden, es geht ganz leicht. Indem ich den Schraubenzieher bewege, kann ich den Deckel sogar um einige Millimeter hin und her schieben. Aber ich kriege ihn nicht angehoben. Wenn ich ihn hochstemme, dann verkantet er. Ich kann ihn auch nicht greifen. Er hebt sich immer nur um wenige Millimeter, zu wenig zum festhalten. Wie zum Teufel soll das überhaupt gehen? Wie soll jemand dieses Scheißding anheben? Nach etwa zehn Minuten gebe ich es auf, alleine schafft man das nicht. Vielleicht würde es zu zweit gehen. Einer hebt den Deckel an und der andere greift mit beiden Händen zu. Ist das wirklich die Luke, von der Frau Pesch gesprochen hat? Sie muss es sein, sonst ist hier nichts. Vielleicht bitte ich Daniel um Hilfe, der ist für solche Aktionen meistens zu haben.

Ich gehe zurück zu meinem Platz und klappe meinen alten Laptop auf. Arbeiten bringt nichts mehr, ich würde nur noch Quatsch schreiben. Also spiele ich noch ein bisschen „Transport Tycoon", später dann „Monkey Island". Auch das kann man mittlerweile umsonst downloaden. Es lebe das Internet!

Zwischen halb eins und zwei bin ich völlig alleine auf S3. Nicht einmal entfernte Schritte sind zu hören. Eigentlich ganz gut, dass mich niemand sieht. Sicher wirkt es verschroben, wenn jemand nach Mitternacht in der Bibliothek sitzt und sich mit historischen Computerspielen beschäftigt.

Kurz nach zwei packe ich meine Sachen zusammen, bringe die Bildbände zurück und mache mich auf den Heimweg. Ich habe seit über sieben Stunden nichts gegessen und mir knurrt der Magen. Vielleicht hat ja noch irgendein Dönerladen auf, sonst eben McDonalds oder Tankstelle.

32. Drei

Mittwoch, 30. April 2008: Ich habe im Eingangsbereich der Bibliothek einen Bekannten getroffen, d.h. ich konnte ihm nicht ausweichen. Deshalb bin erst kurz nach halb acht auf S3. Ich setze mich an den Tisch, an dem ich auch gestern und vorgestern saß. Etwa vier Meter rechts von mir arbeitet eine Studentin. Sie sitzt vor einem rosafarbenen Apple-Notebook, an dem ein ebenfalls rosafarbenes, ansonsten nicht genau bestimmbares Plüschbommeldings hängt. Wusste gar nicht, dass es Apple in Rosa gibt.

Kurz nach acht bin ich wieder allein, niemand zu sehen.

Nur ab und zu Schritte und das Summen der Kopierer. Heute habe ich mein Notebook nicht dabei, auch keine Tasche, nur Stift und Notizblock. Ich will mir zwei Bücher anschauen, die mich schon länger interessieren, was Soziologisches: „Stigma“ von Erving Goffman und eine Aufsatzsammlung von Alois Hahn, die den umständlichen Titel „Konstruktionen des Selbst, der Welt und der Geschichte“ trägt.

Stigma liest sich gut, Goffman macht es nicht komplizierter als nötig. Kurz nach zehn habe ich fast das halbe Buch durch. Zeit für eine Pause. Ich gehe aufs Klo und dann zum Kaffeeautomaten. Als ich zurück zu meinem Platz komme, fällt mir ein, dass ich ja heute eine Kamera mitnehmen wollte. Wusste doch, dass ich etwas vergessen habe. Allerdings habe ich nicht den Eindruck, dass die wenigen Sachen – nur zwei Bücher, Notizblock und Stift – anders liegen.

Zwischen halb elf und zwölf lese ich in Alois Hahns Aufsatzsammlung. Das Buch ist toll, wirklich inspirierend. Ich wünschte, ich könnte so schreiben wie Hahn. Aber trotz aller Begeisterung strengt mich das Lesen an und schon gegen halb zwölf merke ich, dass ich nicht mehr folgen kann. Ich lese ohne wirklich zu verstehen, verliere immer wieder den Faden und muss zurückblättern. Es bringt nichts mehr. Ich lege das Buch weg, verschränke die Arme hinter dem Kopf, strecke mich und gähne mit geschlossenen Augen.

Vielleicht sollte ich einfach nach Hause gehen. Was zum Teufel mache ich hier überhaupt? Ich bin verdammt müde, mir sinkt schon der Kopf auf die Brust. Aber anstatt ins Bett zu gehen oder mich aufs Sofa zu legen, sitze ich alleine im hintersten Winkel der Bibliothek und warte, dass irgendetwas Seltsames passiert.

Aber okay, bis eins wollte ich bleiben und bis eins werde ich bleiben. Vielleicht mache ich kurz die Augen zu, vielleicht hilft das. Ich rutsche mit dem Stuhl nach vorne, verschränke die Arme auf dem Tisch und lege meinen Kopf ab. Einige Sekunden betrachte ich die nahen Kratzer auf der alten Tischplatte... dann bin ich weg.

Ich habe dieses warme, pelzige Gefühl, das ich immer habe, wenn ich gerade aufgewacht bin. Um mich herum ist es still, ich brauche einige Sekunden um zu begreifen, dass ich in der Bibliothek bin. Meine Augen müssen sich erst wieder an das Licht gewöhnen.

Ich fühle mich benommen, schüttle den Kopf und spanne meine Muskeln. Dann taste ich nach meinem Handy, will sehen, wie spät es ist. Nur zufällig schaue ich nach rechts. In einiger Entfernung sitzt jemand, etwa sechs Meter von mir. In dem Moment finde ich mein Telefon. Es ist zehn nach zwei, ich habe über zwei Stunden geschlafen. Ich stecke das Telefon weg und erst jetzt wird mir so richtig bewusst, dass ich nicht alleine bin. Ich sehe wieder nach rechts. Es ist ein Mann, der da sitzt. Er hat die Arme auf dem Tisch verschränkt. So wie ich gerade. Aber sein Oberkörper ist aufrecht, es scheint, als schaue er die Wand an. Er bewegt sich nicht. Sein Tisch ist leer.

Jetzt bemerke ich, dass der Mann völlig grau ist. Er trägt graue Schuhe, eine graue Hose, ein graues Hemd, sogar sein Gesicht und seine Haare sind grau. Ein komplett grauer Mann. Was für ein Grau, das kann ich nicht beschreiben. Ich kann nicht einmal sagen, ob es ein dunkles oder helles Grau ist. Vielleicht schlafe ich ja noch, vielleicht träume ich das alles. Aber ich höre doch das Rauschen der Lüftung und fühle den Tisch, auf den ich mich stützte.

Plötzlich wird mir kalt, ich zittere, mir ist als würde ich

in Eiswasser getaucht. Immer noch starre ich den Mann an, der immer noch völlig ruhig dasitzt. Mir fällt schlagartig ein, was Herr Heim erzählt hat. Hoffentlich dreht der Mann nicht den Kopf zu mir, hoffentlich sieht er mich nicht an. Was kommt jetzt? Ich schaue wieder nach vorne, an die Wand, hole tief Luft und bereite mich darauf vor, wieder nach rechts zu sehen. Dann drehe ich ruckartig den Kopf, zwinge meine Augen in seine Richtung. Aber der Platz ist leer, niemand zu sehen. Weg als wäre er nie da gewesen. Ein Schauer läuft mir durch den Körper. Niemand kann so schnell aufstehen.

Jetzt will ich raus hier, raus aus der Bibliothek, weg von S3. Es reicht. Ich greife nach den Büchern, schaffe es nicht, sie in meine zu enge Jackentasche zu stecken, lege sie zurück auf den Tisch. Ich stehe auf und während ich mich umdrehe, überfällt mich noch in der Bewegung die Angst, der graue Mann könne grinsend hinter mir stehen. Aber da ist niemand. Plötzlich wird mir schwarz vor Augen, der verdammte Kreislauf, niedriger Blutdruck, ich kenne das. Das hat mein Vater auch, liegt in der Familie. Ich muss mich auf dem Tisch aufstützen, einfach warten bis genug Blut im Hirn ist. Gleich wird es wieder gehen. Ich schüttle den Kopf und atme durch, sehe wieder klar. Jetzt weg hier, nach draußen, nicht zu schnell bewegen. Niemand in der Nähe, niemand hinter mir. Mehrmals drehe ich mich im Gehen um.

Ich verlasse S3, öffne die Glastür, dann an den Toiletten vorbei. Verdammte Scheiße, ich bin immer noch nicht ganz klar. Es kommt mir vor, als wäre der untere Teil meines Körpers mit Blei gefüllt, jeder Schritt eine Anstrengung. Hier hörte Tobias das Klopfen. Und links von mir stehen die Regale, hier wurde dieser Flaschensammler fast eingeschlossen. Warum gehe ich überhaupt diesen Weg? Warum hier entlang? Ich hätte einfach die Treppe auf S3 nehmen können, wäre dann schneller draußen. Aber zurück will ich auch nicht.

Und immer noch diese verdammte Benommenheit. Ich schüttle den Kopf, versuche klar zu werden. Irgendwie schaffen es meine Augen nicht, die richtige Entfernung einzustellen, immer wieder verschwimmt alles vor mir. Und irgendwie komme ich nicht voran, etwas bremst mich. Es ist mir, als würden sich die vielen braunen Borsten dieses ekelhaft alten Teppichs mir entgegen stemmen, als würde mir der Untergrund Widerstand leisten. Eigentlich müsste ich doch längst bei der nächsten Tür sein. Es klingt verrückt aber ich habe einen gewaltigen Überdruss, einen regelrechten Ekel vor diesem braunen, dreckigen, sumpfigen Teppich, der mich am Fortkommen hindert.

Am Ende des Ganges überfällt mich dann richtig beschissene Angst, ich fühle mich in der Falle. Meine Beine werden weich, vor meinen Augen tobt graues Gestöber, jeder Herzschlag verpasst meinem Hirn einen Stich. Ich stütze mich an der Wand rechts von mir ab, versuche durchzuatmen. Noch vier Meter bis zur Tür, nur raus aus diesem Gang. Ich stoße mich ab, falle nach vorne aber meine Beine halten mich aus. Wieso hört das nicht auf? Ich habe immer wieder Kreislaufprobleme aber normalerweise hört das doch nach ein paar Sekunden auf. Jetzt bloß nicht umfallen, nicht aufgeben. Ich erteile mir den harschen Befehl, mich zusammenzunehmen, brülle mich innerlich an, strecke die Beine durch. Als ich mit den Handflächen hart gegen die Tür stoße, spüre ich, wie das Glas zittert. Sie geht auf und ich drehe mich durch den Spalt, raus aus dem Gang. Links von mir eine Reihe von Tischen. Hier saßen das Mädchen und der Mann, von denen Herr Heim erzählt hat. Aber es ist niemand da, ich bin ganz alleine.

Obwohl ich Angst habe und mir immer wieder schwarz vor Augen wird, bin ich gedanklich völlig klar. Ich komme mir vor wie ein General, der unter Verlusten einen Schlachtplan umsetzt. Nächster Schritt: Hin zur Treppe, dann Kraftreserven mobilisieren und nach oben steigen. Nicht zu schnell, keinen Blackout riskieren. Warum verdammt hört das nicht auf? Dann zum Ausgang, raus und hinsetzen. Irgendwohin, wo andere Menschen sind. Sind um diese Zeit noch Menschen da? Durchatmen, nachdenken. Aber erst raus.

Schritt für Schritt geht es weiter, vor mir die Treppe. Ich steige aufs Linoleum der ersten Stufe und bin froh, den Teppichboden nicht mehr zu berühren. Zumindest ihm bin ich entkommen. Jetzt die Treppe hoch, Stufe für Stufe. In meinem Kopf rotiert die Frage nach der Zahl der Stufen. Ich rechne nach und komme auf völlig wirre Ergebnisse, einmal 10.000 dann 36. Was ist los mit mir? Gerade war ich doch noch so klar. Aber während ich rechne, komme ich voran, Meter für Meter, Stufe für Stufe. Jetzt bin ich auf einer Ebene, einem Treppenabsatz. Links herum geht es zur nächsten Treppe, weiter nach oben, näher zum Ausgang. Aber ich stolpere nach rechts. Als würde ich abgedrängt. Ich kann es fast nicht beschreiben. Ich komme mir vor, wie auf einer Rutschbahn. Man gleitet einfach in die Richtung, in die sich das Plastik biegt. Dagegen kann man nichts machen, auch dann nicht, wenn vorne irgendetwas ist, irgendetwas Bedrohliches. Und rechts steht eine Tür offen, dorthin geht es. Und dahinter ist ein Korridor, fast dunkel, nur das grünliche Licht eines Notausgang-Schildes, rechts an der Wand ein Feuerlöscher. Hier war ich noch nie, normalerweise müsste das doch alles abgeschlossen sein. Und links ist eine Tür offen, schwaches Licht dringt hinaus. Ich will mich von der Wand abstoßen, treffe auf das kalte Metall des Feuerlöschers. Er verrutscht in seiner Halterung und ich komme ins Straucheln. Etwas zieht mich in diesen Raum, hin zu dem schwachen, rötlichen Licht. Ich stolpere hinein und hinter mir geht die Tür zu. Absolute Stille, ich höre nur meinen eigenen Atem. Vor mir eine Reihe von Metallschränken, an der Wand Kleiderhaken. Das Licht geht aus, ich stehe im Dunkeln.

Ich kann nicht sagen, wie lange ich in dem Raum war. Ich habe mich verloren, direkt nachdem das Licht ausging. Vielleicht war ich tatsächlich bewusstlos. Dagegen spricht aber, dass ich mich nicht liegend wiederfinde, ich bin nicht umgekippt. Als ich wieder bei mir bin, da sitze ich auf dem Boden, mit dem Rücken gegen eine Wand gelehnt, die Beine angewinkelt. Als hätte ich mich einfach hingesetzt. Immer noch ist es völlig dunkel, nicht einmal Umrisse sehe ich. Plötzlich wird mir bewusst, dass ich nicht alleine bin in diesem Raum. Etwas ist in der Dunkelheit und beobachtet mich. Absolut sicher bin ich mir, irgendetwas oder irgendjemand ist da, vielleicht zwei Meter vor mir, in der Mitte des Raumes. Ich höre und sehe nichts. Aber es ist da.

Eigentlich sollte ich Angst haben, mich davor fürchten, plötzlich eine Berührung zu spüren, plötzlich gepackt oder angefallen zu werden. Aber ich habe keine Angst, was ich empfinde ist Ekel und Hass. Ich spüre einen gewaltigen, körperlichen Ekel vor diesem Wesen, das da in der Dunkelheit kauert, mich von der Mitte des Raumes aus anglotzt. Angewidert richte ich mich auf, erhebe mich über dieses Ding. Ich fühle, dass ich genügend Kraft habe um hier rauszukommen, weg von dieser erbärmlichen Abscheulichkeit. Es ist, als trage mich mein Hass, als mache er mich größer und fester. Ich taste mich an der kalten Wand entlang, stoße nach vielleicht zwei Metern mit der Schulter gegen dünnes, hohles Metall. Das sind die Schränke, die Reihe von Schränken. Ich schlage mit der Faust gegen das Blech, mache Lärm, spüre die Stärke meines Arms. Mein Körper ist gespannt, ein einziger Muskel, ich könnte kämpfen, ich könnte herfallen über dieses Wesen, das mich von der Mitte des Raumes aus beobachtet. Jeder Schrank bekommt seinen Schlag und macht sein dröhnendes Geräusch. Dann schlage ich ins Leere, komme fast aus dem Gleichgewicht. Hier muss die Tür sein, irgendwo hier. Ich taste mich mit der linken Hand an der Wand entlang, die Rechte halte ich zur Faust geballt in die Dunkelheit. Und dann bin ich da, das ist sie. Ich finde die Klinke. Es ist nicht abgeschlossen. Ich reiße die Tür auf und schiebe mich nach draußen, auf den Korridor. Die Tür zur Treppe steht offen. Jetzt hoch, immer weiter. So ist der Plan und so muss es passieren. Jetzt raus aus der Bibliothek.

Draußen setze ich mich auf eine Bank und die vom Hass genährte Kraft, die ich gerade gespürt habe, verlässt mich. Ich bin zum Umfallen müde, sitze nur da und schaue mir meine linke Hand an. Auf meinen Knöcheln breiten sich zwei kleine Blutungen aus. Ich muss mit aller Gewalt auf diese Schränke eingeschlagen haben. Plötzlich ist die Angst wieder da.

Auf der Nachhausefahrt wundere ich mich über das, was gerade passiert ist. Ich fahre langsam, nicht dass mir wieder schwarz vor Augen wird. Immer noch habe ich Angst und plötzlich kommt mir der Gedanke, der graue Mann könne auf der Rückbank sitzen. Ich schaue in den Rückspiegel, einmal, zweimal, dreimal. Dann wird diese Angst zur Seite geschoben von der Gewissheit, dass mir gerade etwas extrem Ungewöhnliches passiert ist und dass ich das irgendwie festhalten muss bevor es weg ist.

Ich trete die Bremse durch, komme mitten auf der Straße zu stehen. Begreife, dass ich rechts ran fahren muss, fahre rechts ran, suche fast panisch nach Stift und Papier, werde fündig. Hektisch mache ich mir Notizen. Was war das gerade? Was war gerade los mit mir? Noch nie habe ich mich so gefühlt wie gerade eben. Noch nie hatte ich solche Angst und solche Kraft. Wieso bin ich in den Raum gegangen? Wie kann ich das beschreiben? Was war das, dieses Wesen, das mich von der Mitte des Raumes aus beobachtete? Und was war das mit dem Teppich? Wie kann ich den mich durchdringenden Ekel beschreiben, den ich gerade eben vor diesem alten, braunen Teppichboden hatte, über den ich doch schon hundertmal gelaufen bin?

Mit meinen Notizen fahre ich nach Hause, setzte mich an den Computer und versuche, in Worte zu fassen, was gerade passiert ist. Noch bis fünf Uhr nachts kämpfe ich um Formulierungen, versuche der Gehetztheit, der Angst und der Abscheu, die ich vor wenigen Stunden empfand, irgendeinen sprachlichen Ausdruck zu geben. Aber wirklich zufrieden bin ich nicht. Meine Formulierungen kommen mir albern vor, sie treffen einfach nicht. Mir ist, als sei ich in einem anderen Bewusstseinszustand, wieder im Normalmodus. Als sähe ich wie durch ein beschlagenes Fenster in die Welt, in der ich gerade eben noch benommen herumstolperte. Und umso länger ich hindurchsehe, umso undeutlicher wird das Bild. Um fünf Uhr weiß ich, dass ich diese Welt, diesen Zustand, nicht besser beschreiben kann, als ich es getan habe. Ich wünschte, ich könnte es. Aber umso länger ich es versuche, umso weniger bin ich zufrieden mit dem, was ich hervorbringe. Es wird alles nur schlechter. Ich belasse es bei meinen unzureichenden Formulierungen und gehe ins Bett. Erst jetzt bemerke ich die Schmerzen in meiner linken Hand. Lange kann ich nicht einschlafen.

Nachtrag (Juli 2012)

In der Nacht vom 30. April auf den 01. Mai 2008 war ich das letzte Mal im S3-Bereich. Ich bin zwar noch in die Bibliothek gegangen, habe dort auch gearbeitet, allerdings nur in den oberen Stockwerken. Vor S3 – das muss ich ehrlich sagen – hatte ich Angst. Die seltsame, geradezu berauschende Kraft, die ich spürte, als ich alleine mit diesem „Wesen" in dem dunklen Raum war, sie war vollständig verflogen und beim Gedanken an S3 spürte ich nur noch Widerwille. Nicht einmal Bücher holte ich von da unten. Wenn ich unbedingt Bücher brauchte, die nur auf S3 standen, dann habe ich sie mir eben gekauft.

Seit Mitte 2009 lebe ich in einer anderen Stadt, knapp 500 Kilometer von meinem Studienort und von S3 entfernt. Auch zeitlich liegt S3 in weiter Ferne, seit meiner letzten Nacht dort unten sind fast vier Jahre vergangen.

Vor einigen Monaten erzählte ich einer Bekannten von den Interviews, die ich führte, und von meinen eigenen Erfahrungen auf S3. Sie ermutigte mich, meine Aufzeichnungen zu diesem Buch zusammenzufassen. Das habe ich Ende 2011 bis Mitte 2012 getan.

Ich möchte meinem Studienfreund Joachim dafür danken, dass er das Titelbild fotografiert hat. Es zeigt den Korridor, den ich am 30. April 2008 betrat. Links geht es in den Raum, in dem die Metallschränke stehen. Dort war ich im Dunkeln, zusammen mit einem Wesen, über das ich immer noch nichts sagen kann.

Ich habe mich nicht getraut, dieses Bild selbst

aufzunehmen, auch nicht Jahre nach meinem Erlebnis. Aber es war mir wichtig, ein Foto dieses Korridors zu haben. Wenn ich an die Nacht vom 30.04 auf den 01.05.2008 denke, dann steht immer er mir vor Augen, nicht der Raum mit den Metallschränken. Ich habe sogar schon von diesem Korridor geträumt.

Oliver Susami,
Köln den 31.07.2012
www.oliversusami.de

3701354R00109

Printed in Great Britain
by Amazon.co.uk, Ltd.,
Marston Gate.